VII
宇野朴人
illustration ミユキルリア
七つの魔剣が支配する

「――で。何の用でよ、リヴァーモアの旦那」
パメラ＝ゴートン
Pamela=Gorton

サイラス＝リヴァーモア
Cyrus=Livermore
「——気付いていたか。
やはり良い肉だ、お前は」

「……そちらの三人目は
ミシェーラではないのか？
もちろん答えなくてもいいが」
リチャード＝アンドリューズ
Richard＝Andrews

「闘志が漲ってござるな、アンドリューズ殿。今から試合が楽しみにござる」
ナナオ＝ヒビヤ
Nanao=Hibiya
「いや、まだ決まっていない。別に隠すわけではなく、純粋に今考えているところだ」
オリバー＝ホーン
Oliver=Horn

「――っ！　後ろだ、ナナオ！」

「む――！」
ユーリィ＝レイク
Yurie=Lake

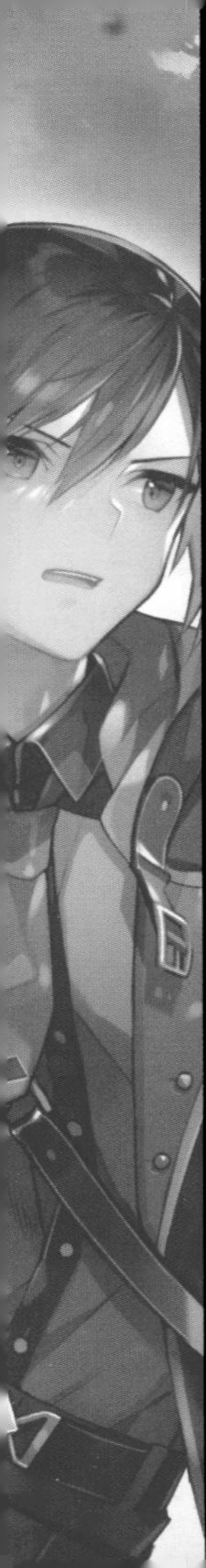

目次

CONTENTS

Seven Swords Dominate

Presented by Bokuto Uno

Cover Design：Afterglow

七つの魔剣が支配する

VII

Seven Swords Dominate

宇野朴人
Bokuto Uno

illustration
ミユキルリア

Seven Swords Dominate

Character 登場人物

三年生

オリバー=ホーン

本編の主人公。器用貧乏な少年。
七人の教師に母を殺され、復讐を誓っている。

ナナオ=ヒビヤ

東方《エイジア》からやって来たサムライ少女。
オリバーを剣の道における宿命の相手と見定めた。

カティ=アールト

連盟の一国、湖水国《ファーランド》出身の少女。
亜人種の人権問題に関心を寄せている。

ガイ=グリーンウッド

魔法農家出身の少年。率直で人懐っこい。魔法植物の扱いを得意とする。

ピート=レストン

非魔法家庭出身の勤勉な少年。
性が反転する特異体質。

ミシェーラ=マクファーレン

名家マクファーレンの長女。
文武に秀で、仲間への面倒見がいい。

トゥリオ=ロッシ

飄々とした少年。
セオリーを無視した難剣の使い手。
オリバーとの決闘に敗れた。

ユーリィ=レイク

転校生を名乗る少年。常識に欠けるが好奇心が強く、誰にでもフレンドリーに接する。

- フェイ=ウィロック
- ジョセフ=オルブライト
- ステイシー=コーンウォリス

[illegible]年生

長い前髪が特徴的な少女。「自信はございませんが」という口癖とは裏腹に、魔法剣の実力は学年でも上位に入る。

ジャスミン=エイムズ

何かと派手な言動をする奇術師めいた少年。魔法と詐術を巧妙に組み合わせての幻惑を得意とする。

ロゼ=ミストラル

名家出身の誇り高い少年。オリバーとナナオの実力を認め、好敵手として強く意識している。

リチャード=アンドリューズ

二年生

オリバーの腹心の部下で、隠密として復讐に協力する。感情を出さずマイペースな性格。

テレサ=カルステ

七年生

学生統括。
他の生徒から「煉獄」と称される魔法使い。
桁違いの火力を誇る。

アルヴィン=ゴッドフレイ

死者の骨を使い魔として使役する死霊使い。久しく校舎に姿を見せていないようだが……?

サイラス=リヴァーモア

五年生

迷宮内で露店を営む「迷宮商人」。「生還者《サバイバー》」の弟子であり、彼の技術としたたかさを引き継いでいる。

パメラ=ゴートン

前生徒会陣営のボス。
かつて学生統括の座を巡りゴッドフレイと争った際、顔の右半分を焼かれ、今も治さずにいる。

レオンシオ=エチェバルリア

教師

キンバリー学校長。魔法界の頂点に君臨する孤高の魔女。

エスメラルダ

大怪我前提の理不尽な課題ばかり出す、魔道工学の教師。

エンリコ=フォルギエーリ

死亡

シェラの父親で、ナナオをキンバリーへと迎え入れた。

セオドール=マクファーレン

魔法生物学の教師。傍若無人な人柄から生徒に恐れられる。

バネッサ=オールディス

- デメトリオ=アリステイディス
- フランシス=ギルクリスト
- ルーサー=ガーランド
- ダスティン=ヘッジズ
- ダリウス=グレンヴィル 死亡

プロローグ

危険《リスク》に相応の見返り《リターン》がある。だからこそ、キンバリー生たちはこぞって迷宮に潜る。珍しい動植物から希少鉱石、果ては太古の遺物に至るまで、迷宮は魔法使いにとって価値の宝庫である。何と言っても資源の密度が違う。地上で手に入れるには東奔西走しなければならない多様な物品が、迷宮なら全て同じ階層で採れてしまうことすらある。

一方で、その恩恵を直接手にするには相応の実力が要る。探索の途中で死なないことは前提に過ぎず、肝心なのは広い迷宮から目当てのモノを見つけ出して確保する手腕のほうだ。薬草・毒草の判別法、鉱床の見分け方、魔獣の痕跡を見抜いての追跡、そして効率的な狩猟方法……。逆に言えば、そうした広範な技術に長《た》けていればいるほど、迷宮からはより大きな財が汲《く》み取《と》れる。

「……へっへっへ！　逃がさんでよ、逃がさんでよ！」

五年生のパメラ＝ゴートンは、そうした「迷宮で食っていく」手腕に長《た》けた生徒のひとり。三層「瘴気《しょうき》の沼地」の一角を、今も彼女と後輩たちの一団が目当ての獲物――玉鰭魚《リッチマン》の尻尾を追って駆け抜けていた。水陸両生の魔法生物であり、鰭《ひれ》が高品質の魔石として取引される。その鰭《ひれ》で風を操り滑るように地表を移動する獲物を、ゴートンに率いられた下級生たちが懸命に追っていく。

「そっち逃げた！　今でよ、ヒュー！」

「雷光疾りて《トニトゥルス》！」

追跡の圧力に押されて左に逃げた獲物。勢子《せこ》のゴートンたちが狙って追い込んだその方向で、玉鰆魚《リッチマン》はついに待ち伏せていた生徒の呪文を受けた。べしゃりと突っ伏して動かなくなったその体に、すぐさま追っていたふたりが飛び付いて押さえ込む。呪文を撃った生徒が、こわごわと茂みから顔を出す。

「あ……当たった？」「当たった！　捕まえた！」「やったぁ……！」

ひとりがゴートンの教え通りに急所を突いて「締めた」ところで、下級生たちは獲物を掲げて歓声を上げた。――黙っていても襲ってくるタイプの魔獣より、浅層の狩猟で厄介なのはむしろ慎重に隠れ潜んで暮らしているタイプの生物で、実のところ迷宮に生息する生き物の多くがこれに当たる。この玉鰆魚《リッチマン》を仕留めるために、彼女らは数日掛かりで痕跡を辿《たど》っていたのだ。

猟果に喜ぶ後輩たちの姿を微笑《ほほえ》んで眺めつつ、ゴートンがそこに声をかける。

「ご苦労さん。ちと重《おめ》ぃけども、肉も捨てねぃで持ってけ。特に尻尾の付け根が珍味だで、迷宮美食部《おとくいさん》が喜ぶでよ」

「え、こいつ食えるんですか？」「俺はやだなぁ……」「何でも食うでしょアイツら」

言われるまま切り分けた獲物を袋詰めする後輩たち。それらが背負われたところで、ふいにゴートンが彼らから背を向けた。

「んじゃ、おめーらは先に引き上げるでよ」

「へ？」「先輩は？」

「うっちはこの階層にもうちっと用があるでねぃ。獲物の処理は任せたでよ」

そう言ってひらひらと手を振る彼女に、後輩たちは首を傾《かし》げながらも撤収を始める。彼らの気配が遠ざかったところで、ふいにゴートンが口を開く。

「――で。何の用でよ、リヴァーモアの旦那」

途端に彼女の視界で地面が盛り上がった。泥の中から浮かび上がったのは、無数の骨を組み上げた奇怪な球体であり――その向こう側で、邪教の神父《プリースト》めいた威厳をもって魔人が嗤《わら》う。

「――気付いていたか。やはり良《い》い肉だ、お前は」

「いきなりご挨拶だねぃ。乙女に向かって何抜かしてくれてんでよ」

肩をすくめて言葉を返し、ゴートンは怯《ひる》むことなく相手を睨《にら》む。

「食い物《メシ》がご入用で？　だったら明朗会計で売ったるわな」

「ああ、お前の獲物は美味《うま》い。締め方がいいからな。が……今日の目当ては別にある」

首を横に振ったリヴァーモアの視線が、ゴートンの体をひたと見据える。彼女の衣服の、皮膚の、肉の、そのさらに奥にあるものを。

「お前の第二腰椎を貰い受けたい。――売値があれば聞くが？」

「馬鹿言っちゃいけねぃ。うっちの体は丸ごと非売品でよ」

ゴートンが語調を強める。その会話の全てが、もはや秒読みに過ぎないと悟りながら。

「売れねぃと言ったわな、うっちは。そんでも取ってく気なら、旦那は盗人《ぬすっと》でよ」

「違いない」

自嘲を込めてうなずくリヴァーモア。その視線が、先ほど下級生たちが去っていった方角を見やる。

「こうなると予想して後輩を逃がす辺り、お前もすっかり上級生の風格だな。……早いものだ、時が経《た》つのは」

「同感だわな。──五年生にもなると、旦那にびびってばかりもいらんねぃ」

答えながら、ゴートンは思い出す。……自分が下級生の頃にも同じようなことがあった。その時に窮地から救ってくれた男は自分にこう言ったのだ。──力を付けなさい。今度は君が後輩を守れるように、と。

「──かかって来ねぃ。『生還者《サバイバー》』ケビン＝ウォーカーが弟子、迷宮商人パメラ＝ゴートンが相手になるでよ！」

杖剣《じょうけん》を構えたゴートンが毅然《きぜん》と告げる。その瞬間、魔人の口元が凄絶につり上がった。

「**吹けよ疾風《インペトウス》！**」

先手は迷宮商人の側が取った。彼女の杖《つえ》から放たれた風の一撃を、リヴァーモアは悠然と骨

の障壁で遮り、

「——む」

そこで気が付いた。ローブの裾に隠れたゴートンの足元——そこに、一本の瓶が落ちている。先の会話の間、相手に気取られぬまま彼女が置いたものだ。中身は空に近く、すでに使われた後と分かる。では、それはどのような形で？

答えを出す前に、その結論はリヴァーモアの目の前に広がった。細長い体に透明な翅《はね》を持つ生物の群れが男の周りに飛来し、無数のそれらによって視界が極端に遮られる。なおも数を増やしていく群れの中でリヴァーモアが鼻を鳴らした。

「翅魚《スカイフィッシュ》を寄せたか。こちらの骨に香をまとわせたな」

「旦那に力じゃ敵わねぃ。けども、三層《ここ》を知り尽くしてるのはうっちでよ！」

ゴートンが不敵に言い放つ。足元に隠し置いた瓶から零《こぼ》れ出た霧状の魔法薬を、彼女は初撃の風に紛れさせてリヴァーモアのほうへ送り込んだのだ。呪文そのものは防がれても、そこに載せた魔法薬は男の操る骨に纏《まと》わりつく。その効果は単なる虫寄せに過ぎないが、三層の環境で多くの生物が一か所に集まれば他の生物たちも黙ってはいない。次々と姿を現す沼地の魔法生物たちの姿に、リヴァーモアが目を細める。

「好物の群れに誘われた飛蛇《ウインドスネーク》、それを食いに来た長舌蜥蜴《ロングトング》。……食物連鎖のスイッチを押したな。となれば次は——」

男が呟《つぶや》いた次の瞬間、その近くの地面が弾《はじ》けて巨体が飛び出した。三層最大の捕食者である泥竜《ワーム》だ。蛇竜骨《サーペント》の背に乗ってその襲撃を回避しつつ、リヴァーモアは感心を込めて呟《つぶや》く。

「──確かに『生還者《サバイバー》』の戦い方だ。よく学んだな、ゴートン」

「環境の把握と調和、そんでもって利用！　まるっきり生存《サバイブ》の基本だわな！　よく見ねぃ、旦那の骨はここじゃ浮きまくっとるでよ！」

食物連鎖の渦中《かちゅう》に否応《いやおう》なく巻き込まれるリヴァーモアを、自らはその外に身を置いたゴートンが呪文で狙い撃つ。今や男の敵は『迷宮商人』ではなく三層の生態系そのものだった。正鵠《せいこく》を射る後輩からの指摘に、リヴァーモアが口元に自嘲を浮かべる。

「返す言葉もない。だが──知っているか？　この階層には、かつて主《ヌシ》がいたことを」

男がそう口にした直後に異変が起こった。一帯の地面が液状化して渦巻き、その渦の中心に鋭い牙を備えた巨大な顎の骨が覗《のぞ》く。とっさに退避したゴートンの眼前で、流れに吸い寄せられた泥竜《ワーム》の体が真っ二つに食い千切られた。およそ三層では有り得ない光景に迷宮商人が目を見開く。

「……っ……!?」

「それが以前の頂点捕食者《トッププレデター》だ。今は骨しか残ってはいないが──」

状況の変化はそれに留まらなかった。すでに亡《な》きはずの主の再臨を受けて、周囲に集まっていた生物たちが一斉に逃げ出し始めたのだ。泥竜《ワーム》から翅魚《スカイフィッシュ》まで蜘蛛《くも》の子を散らすように去っていき――そうして見通しを取り戻した空間に、主の骨を操るリヴァーモアが独り立つ。

「――在りし日の恐怖は、ここの連中の中に生きていたようだな。……まったく。日がな一日屍《しかばね》を漁《あさ》っていると、見えてくるのは過去ばかりだ」

低い声で呟《つぶや》き、男はぐるりと周囲を見渡した。さっきまで自分を狙い撃っていたゴートンの姿はすでにそこになく――だが、遠ざかりつつある小さな気配をリヴァーモアは見逃さない。

男の足元で組み上がった三頭の骨獣が沼地の一角へと走り、そのうちの一頭が獲物の脚に食らいついた。

「――がっ……!」

「形勢が不利と見れば即座に逃走、だろう？　分かっているとも」

蛇竜骨《サーペント》に乗ったままリヴァーモアが移動し、骨獣たちの牙で身動きを封じた『迷宮商人』の姿をそこに見出《みいだ》す。最後の抵抗に振るわれた杖剣《じょうけん》すら蛇尾が打ち払った。骨から地面へ降り立った男の左腕がゴートンの首を鷲掴《わしづか》みにし、その体をぐいと持ち上げる。

「力の限りに生き足掻《あが》いた肉ほど良《い》い骨を残す。お前の命の一欠片《かけら》――貰《もら》い受《う》けるぞ、ゴートン」

「……利子は、高く付くでよ……」

あらゆる抵抗を封じられた『迷宮商人』の口がなおも放つ減らず口。それを心底好ましげに聞き届けると、リヴァーモアはおもむろに彼女の体へ杖剣《じょうけん》を突き刺した。

　それから数時間後。二層終盤、「冥府の合戦場」の直後の洞窟。

「――今回も素通りできちゃった。残念だなぁ、一度突破したら一年は挑戦できないなんて。あれ楽しかったのに」

　そんなことを呟《つぶや》きながらユーリィ＝レイクが暗がりを歩いていた。日に日に迷宮の奥深くへと足を延ばしている彼にとって、すでに三層の半ばまでは探索範囲である。

「次は『図書館前広場』が面白いらしいけど、さすがにひとりだと死ぬかな？　オリバーくんは誘ったら付き合って……ん？」

　思案しながら進めていたユーリィの足取りがふと止まる。少し先の地面に何かが横たわっていた。それが自分と同じ制服をまとっていると気付いて、彼は駆け足で走り寄る。

「人？　おーい、大丈夫ですか？」

　問いかけるも返事はなく、少年は身を屈《かが》めて相手の様子を確認した。青ざめた顔で昏倒《こんとう》している上級生の女生徒。大きな口が特徴的な顔にはユーリィも見覚えがある。一層の露店で何度も顔を合わせた相手だ。

「五年のゴートン先輩だ。外傷はなさそうだけど……」

　ローブを捲《めく》って全身をざっと改め、治癒が必要な負傷は無いことを確認した。が、その上で漠然とした違和感が残る。数秒その感覚を吟味した末に、ユーリィはぽつりと呟《つぶや》いた。

「……ふーん？　なんか大事なもの抜かれてるな、これ」

同じ頃。春の陽気に花々が蕾《つぼみ》を緩めつつある、キンバリー校舎手前の満開街道《フラワーロード》。

「――だからな、俺はこう言ったよ。『お前、そりゃ呪文を間違えてる。つるんと禿《は》げ上《あ》がった普通人の頭にな、こういくら生え伸びよ《プロゴロッシオ》と唱えたって髪は伸びやしないよ。種が撒《ま》かれてるわけじゃあねぇんだから』って」

並み居る婦花《ダリア》たちを前に、同学年の生徒たちを後ろに、ひとりの男が熱心に喋《しゃべ》り続けていた。学生統括アルヴィン＝ゴッドフレイその人である。演じているのは魔法コメディの古典演目だったが、声と動きが硬すぎて笑いどころは行方不明であり、率直に言って大根役者の見本だ。

「――そしたらあいつはこう答えやがった。『なるほどなぁ、じゃあ次はちゃんと種を撒《ま》かねぇといけねぇや。何の種にするかねぇ。きっとみっしり蔦《つた》の這《は》うようなのがいいよな』って。俺はもう呆《あき》れて放っておいたんだがな、そしたら翌朝――」

「あ、もういいわ」「下がって。はい次」

芸の終わりを待たずして婦花《ダリア》たちから無情な判定が下された。数秒愕然《がくぜん》と固まった後、ゴッドフレイはぶるぶると肩を震わせながら身をひるがえし、先ほどすでに芸を終えて観戦に回っていたレセディの隣へ深く俯《うつむ》いたまま並ぶ。

「……っ……！」

「震えるほど悔しいのか」

「……半年、練習した……」

「なぜベストを尽くした」

レセディが淡々と突っ込む。こういう時、期待されていなくとも頑張ってしまうのがゴッドフレイという男だった。最初に出会った頃から変わらない相手の不器用さにふっと口元を緩めつつ、彼女は目の前の光景を眺める。

「まぁ、入学時から変わらん婦花《ダリア》どもの性悪はともかく……感慨深くはあるな。かつて満開街道《フラワーロード》に迎えられた我々が、こうして春の魔法をかける側になったことが」

口調とは裏腹に、その言葉の含むところは重い。このキンバリーで六年という年月を生き延びてきた彼らだが、それが叶《かな》わなかった生徒も少なくないのだ。欠けていった顔ぶれの中には無論、彼らのかけがえのない戦友も含まれている。

今は亡《な》き彼らの面影をまぶたの裏に描いて、ゴッドフレイがこぶしをきつく握り締める。

「最後の一年に、多くは望まない。……だが、せめて――」

瞼《まぶた》を開き、男は告げる。学生統括としての重責を、その双肩《そうけん》にずっしりと受け止めて。

「――卒業までの間。これ以上はもう、誰も死なせたくはない」

第一章

人選《セレクト》

周りに舐められまい。程度の差こそあれ、これはキンバリーに入学してくる一年生たちの多くが共通して抱く心理だ。そのための方法は本人の性格と手持ちのカード次第。授業での活躍を思い描く者から喧嘩《けんか》の相手を値踏みする者、闇雲に虚勢を張る者と様々である。

「……ふふふ……」

もっと派手なやり方を用意してくる者もいる。自分の身の丈を数倍する魔獣を従えて校庭を練り歩く少女はまさにそれだった。鋭い牙が覗《のぞ》く蛇頭、猛毒の棘《とげ》混じりの緑毛を豊かに蓄えたその姿に、周りの一年生たちがぎょっと目を丸くする。

「うぉっ、なんだありゃぁ」

「翠蛇竜《ベルーダ》？　初めて見た」

「一年であんなもん使い魔にしてんのか……」

漏れ聞こえてくる声を澄ました顔で聴きながら、少女は胸の内でほくそ笑んでいた。——そうだ、驚け、羨め、恐れろ。これほどの魔獣を従える自分を格上と認めろ。それでこそ無理を押して調教を間に合わせた甲斐《かい》がある。

「——？」

そう思いながら校庭を歩いていた少女の足取りが、ひとつ角を曲がったところでふいに止まった。ずんぐりとした亜人種の巨体が彼女の行く手を阻《はば》んでいたからだ。自分に背を向けて屈《かが》み込んでいるトロールに、少女は不愉快さも露《あら》わに声を投げる。

「……ちょっと。お退《ど》きなさい、そこのトロール」

「ン」

振り向いたトロールが困ったような顔でその場に立ち尽くす。退ける気配がないことにカチンと来て、少女は語気を荒げる。

「退《ど》きなさいと言ってるでしょう！　わたしが通るのですよ！」

「ウ……すマなイ。イまココ、ダめ」

少女の声が詰まった。——今、喋《しゃべ》った？　人の言葉を？　ゴブリンならともかく、トロールにそんな品種がいただろうか？

思わず自分の知識を洗いかける少女だが、すぐさま今の要点はそこではないと思い直す。大事なのはここがキンバリーであって、周囲には他の生徒たちの目があって、自分は決して舐《な》められてはならないということだ。その原則に従い、彼女は三度声を上げる。

「……だ……だから何だっていうの！　いいから通しなさい！　さもないと——」

「こらーっ！」

少女が使い魔に威嚇を命じようとしたところで、そこにひとりの男子生徒が走ってきた。ネクタイの色からして彼女のひとつ上の二年生だ。きょとんとする少女の前に、彼はトロールを守って真っ向から立ちはだかる。

「何やってんだ一年生！　マルコいじめんな！」

「ウ、ディーン」

庇《かば》われたトロールの顔が心持ち穏やかになる。一方、思わぬ展開になってきたことに内心焦《あせ》りつつも、少女はどうにか平然を装《よそお》って応答する。

「……い、虐《いじ》めてなどいません。ただ、そのトロールが意味もなくわたしの行く手を阻《はば》むのですもの。ここは校庭でしょう？　わたしには使い魔と共に自由に歩き回る権利があるはずですけど？」

「こいつは意味もなく通せんぼなんてしねぇよ！　ちゃんと事情は訊《き》いたのか!?」

「じ、事情を訊《き》く？　トロールごときに？　あなた、戯言《たわごと》も大概に――」

軽い眩暈《めまい》を覚えながら少女が言葉を返そうとした、その瞬間――日が雲に隠れたかのように、彼女らの全身を大きな影が覆った。

「ちょっと待って――！」

制止の声が響き渡り、同時に翼を広げて上空から舞い降りた魔鳥――グリフォンが、彼らの眼前で豪快に着地する。その眼光に鋭く睥睨《へいげい》された少女が思わず飛びのいた。

「……ひっ……!?」

「JAAAAAAAAA!」

怯《おび》える少女の隣で本能的な威嚇を返す翠蛇竜《ベルーダ》。と、そこでグリフォンの背中からひとつの影が地面に降り立った。明るい茶色の巻き毛を揺らす三年生の女生徒、カティ＝アールトだ。

「ごめんね！　ここ、じょうろ鼬《ポットウィーゼル》が巣を作ってるの！　すぐに移してもらうから！」

そう言ってトロールの背後を指さすカティ。釣られて少女が目を向けると、確かにそこには若木の幹と枝によってドーム状に形成された「巣」があり、その中にイタチに似た生き物が大小数匹収まっていた。自ら育てた木を巣として子育てを行うじょうろ鼬《ポットウィーゼル》――それがトロール側の「事情」だったことに、少女もここでやっと思い至る。

予想外の出来事の連続に立ち尽くす少女。そんな後輩をひとまず置いて、カティはこの場のもうひとりの後輩へと輝くような笑顔を向けた。

「マルコを庇《かば》ってくれたんだね！　ありがと、ディーン君！　きみは本当にいい子だね！」

「と――ととっ、と、当然ですよ！」

グリフォンの威圧に震え出そうとする全身を抑えながらディーンがうなずく。カティの愛情を注がれた魔鳥はこの一年の間に大きく成長し、すでにその体軀《たいく》は少女が連れている翠蛇竜《ベルーダ》よりも一回り以上大きい。かつて自分を攫《さら》った魔獣の姿が否応《いやおう》なく思い出され、しかしそんな怯《おび》えを目の前の相手に見せるわけには断じていかず、ディーンは全力の虚勢でその場に留まり続ける。

と、そこでふいに、カティの視線が少女の連れている翠蛇竜《ベルーダ》へと移った。かと思えば、目を輝かせてそこへ駆け寄る。

「すごい、翠蛇竜《ベルーダ》だ！　五歳くらいのメスかな？　かわいい使い魔だね！」

「かわ……⁉」

少女は絶句した。いったいどんな神経がこの魔獣を「かわいい」などと形容させるのか。そんな彼女の隣で、翠蛇竜《ベルーダ》はカティとグリフォンへ向けて威嚇の唸《うな》りを上げ続ける。もはや少女の命令とは無関係に、ただ恐怖に突き動かされるまま。その声を聴いた生徒たちが何事かと周囲に集まってきた。

「こ、こら！　唸《うな》るのを止めなさい……！」

少女は焦《あせ》って使い魔に呼びかけた。相手に敵意がない以上、無駄吠《ほ》えを止めさせられないようでは主としての沽券《こけん》にかかわる。が、興奮した魔獣は主の命令に耳を貸さない。なおも牙を剝《む》いて唸《うな》り続ける翠蛇竜《ベルーダ》を少女は持て余し、もはや呪文を用いるほかなくなって腰の白杖《はくじよう》へ手を伸ばしかけるが——カティはそれを片手で制した。

「抜かないで。——ごめん。ちょっと、わたしにお話しさせて。ライラもそのままね」

背後のグリフォンに待機を指示すると、彼女は素手のまま魔獣の眼前へと歩み寄る。少女は重ねて驚愕《きようがく》した——いったいどうするつもりなのか。いかに三年生といえど、このレベルの魔獣に杖《つえ》なしで襲われれば何の抵抗もできないはずだ。

「JAAAAAAA……！」

間近から叩《たた》き付《つ》けられる威嚇。それを微笑《ほほえ》んで受け流し、カティはゆっくりとした動作で魔獣の体に触れた。びくりと震える巨体を、猛毒の棘《とげ》混じりの緑毛を、そのまま安心させるように撫《な》でさする。

「……あんまり人馴《ひとな》れしてないね、この子。なのに、恐怖心だけは過剰なほど刷り込まれてる。……短い期間で、かなり強引に調教したのかな」

「……ッ⁉」

少女の顔が引《ひ》き攣《つ》る。――まさか、これだけの観察で調教過程まで見抜かれるというのか。

「……大丈夫、敵じゃないよ。わたしも、マルコも、ライラも……」

囁《ささや》くようにカティがそう口にするうちに、翠蛇竜《ベルーダ》の唸《うな》り声も少しずつ収まっていく。その様子を前に、主の少女は呆然《ぼうぜん》と立ち尽くし――ふいに、その右手がぎゅっと両手で包まれた。彼女の理解を超えた相手が、彼女の先輩としてそこにいる。

「わたしはカティ＝アールト、キンバリーの三年生だよ。よろしくね！　あなたの名前は？」


同じ頃。校舎一階の片隅では、ひとつの小競《こぜ》り合《あ》いが終わっていた。

「……ハッ、こんなもんか」

廊下に倒れた三人の生徒たちを前に、彼らと同じ一年生が鼻を鳴らす。互いの態度が気に食わなかった——きっかけはその程度のことで、要するに喧嘩《けんか》の口実は何でも良かった。手っ取り早く力を示す方法がこれで、勝ったのが彼だったというだけのこと。

「言えよな、弱いなら弱いって。それなら三対一にしてやったのに」

「……うっ……」「くそッ……」

三連戦の間に一矢《いっし》報いることもできなかった悔しさに、床で身動きも取れないまま身もだえる一年生たち。薄笑いを浮かべてそれを眺めていた少年だが、

「邪魔するぞ」

「——あん？」

その視界を横切って、倒れた一年生たちの傍《かたわ》らにひとつの影が立つ。体格は小柄だが、ネクタイの色は三年生のそれで、顔や声の印象から性別が判然としない。眉根を寄せる少年の前で、その三年生は負傷した後輩たちへ治癒を施していく。

「お前たち、ケンカはこそこそやらなくていい。その代わり立会人に先輩を呼べ。そうすれば動けなくなった時にも治癒が受けられる」

先輩の立場から示される忠告。だが、それを自分への侮《あなど》りと感じて、少年は杖剣《じょうけん》を相手の背中に突き付けた。

「ご忠告はありがたいですけどね、先輩。——困ンですよ。俺がシメた連中、許可もなく勝手

に治してもらっちゃぁ」

棘《とげ》のある言葉に、三年生――ピート＝レストンが振り向く。眼鏡越しの瞳に冷たく見据えられた瞬間、一年生の少年は予想外に強い圧を感じて怯みかけた。が――この方針で行くと決めた以上、相手が先輩だろうとそう簡単に退くわけにはいかない。相手をぎろりと睨《にら》み返す。

「もう勝負は付いているだろう。何が不満だ？」

「勝者の権利ってもんがね。激痛呪文の練習台に丁度いいなーと」

「……痛めつけたいのか？」

ため息をついてピートは言い、鋭い視線で後輩を睨《にら》む。

「だったら、それはもうケンカじゃない。どうしてもやるなら――ボクが相手になる」

それを耳にした瞬間、話が早い、と少年は思う。その口元が挑発的につり上がった。

「そりゃつまり……こいつらの身代わりになってくれるってことですかね、先輩が」

「好きにしろ。そっちが勝てばな」

「……へー……」

張り詰めていく空気の中で少年が間合いを測る。相手との距離は一足一杖《いっそくいちじょう》よりも二歩分遠く、向こうの手は杖剣《じょうけん》に掛かってすらいない。彼は確信した――相手が三年生だろうと、これなら撃ち負けない、と。

「――雷光疾りて《トニトゥルス》！」

先手を取った少年が呪文を詠唱する。杖剣《じょうけん》の切っ先から電撃が迸《ほとばし》りかけ――その瞬間、彼の視界の全てが眩《まばゆ》い閃光《せんこう》と熱で焼かれた。

「――ぐぁっ……!?」

何も見えない中、それでも闇雲に杖剣《じょうけん》を振って後退を試みる。手応えはなく、代わりに首筋へひたりと何かが押し当てられた。冷たい刃の感触に愕然《がくぜん》とする少年の耳元で、淡々と声が響く。

「早撃ちが自慢か？　止まって見えたぞ」

「……っ……！　て、てめぇ、いま何を……！」

「見たままだろう。呪文の出鼻に合わせて炸裂《さくれつ》球を投げただけだ」

告げられた事実に少年の背筋が凍る。――出鼻に合わせた？　それはつまり、自分が呪文を詠唱して杖剣《じょうけん》を振った瞬間に炸裂《さくれつ》球を投げられたということか？　だが、そんな動きは相手のどこにも――。

「見えもしなかったなら、それがオマエの今の実力だ。鍛えて出直せ」

「――ッ、てめぇ――！」

敗北を受け入れられず、視界の回復と同時に少年が斬りかかった。――舐《な》められたままにはしておけない。呪文の間合いが得意な相手なら、今度は魔法剣で挑めば活路が――。

そう考えた次の瞬間にはもう、彼の手から落ちた杖剣《じょうけん》が廊下に転がっていた。

「絡《から》んだのがボクで良かったな。……相手によっては、オマエの好きな激痛呪文くらいじゃ済まなかったところだ」

「……あ……」

呆然と立ち尽くす少年へ向けてピートが言い、そのまま何事もなかったように杖剣《じょうけん》を腰の鞘《さや》に納め、床に倒れた三人の治癒を再開した。それが済むと身をひるがえして廊下を歩き去る。

「三年のピート＝レストンだ。文句があればいつでも来い。決闘ルールで相手になる。それと——自分につけ他人につけ、キンバリーで過《こ》ごす年月を侮《あなど》るな。普通人出身のボクが二年も生き抜けばこうなる。オマエが入ってきたのはそういう場所だ」

「——いちおう実ったんですけど。どうすかね、これ」

また同じ頃。多様な魔法植物が植えられた庭園の一角では、ガイが自分の育て上げた魔法植物の様子を教師に見せていた。滑らかな灰色の木肌はニスを塗ったような光沢を帯び、太い幹は途中で三つに枝分かれして三方に伸びて、その先端にそれぞれひとつずつ、たっぷりとした質感の真っ青な果実を実らせている。全体をじっと観察した庭園の主——ダヴィド＝ホルツヴァートが、低く掠《かす》れた声でぼそぼそと告げる。

「……正常だ。大したものだな、Mr.《ミスター》グリーンウッド。五年ぶりだ……絶滅危惧種の青灯樹《ランタンブルー》を、種子から育てて結実まで持っていった生徒は……」

「光栄っす。気難しいヤツでしたけど、ゆっくり付き合ってやったら何とかかね」

ガイがにっと笑う。と、ふいに温室の扉が勢いよく開いた。そこから駆け込んできたのは、ガイも良く知る後輩の女生徒だ。

「に、二年のアップルトンです！　あの——青灯樹《ランタンブルー》が実を付けたって……！」

「おっ、来たかリタ。見ろよこれ、立派なもんだろ」

自慢するガイのもとへ前のめりに駆け寄ったリタが、その成果を前に何度も繰り返しうなずく。そんなふたりの教え子の隣で、ダヴィドが再び口を開く。

「……生育の過程は記録してあるな？」

「もちろんす」

「では……君の所見を含めて、論文にまとめろ。提出期限は二週間後。読んだ上で、内容について……私の工房で、話そう」

そう言って生徒たちに背を向け、ダヴィドは温室を後にする。その背中をじっと見送った後、リタは頬を紅潮させてガイに向き直った。

「……すごい……すごいです、ガイ先輩！　ダヴィド先生、自分の工房にはめったに人なんて呼びませんよ！　ものすごく気難しいって……！」

「そうかぁ？　おれが見る限りじゃ、あの人はぜんぜん気難しくなんかねぇぞ。単に頭ン中がぜんぶ魔法植物のことでいっぱいなだけで」

肩をすくめる長身の少年。と、何かを思い出したように、その口元に苦笑が浮かぶ。

「仲間にもひとりいるぜ、ああいうタイプ。……そういう意味じゃ、ウチのよりも先生のほうが付き合うのは楽かもしれねぇな。土いじりは元々おれの趣味だし、何かと議論も吹っ掛けてこねぇしよ」

リタの胸がぐっと締め付けられた。彼のその語り口から、例に挙げている相手——ひとりの人物への深い親愛を見て取って。

「……アールト先輩のこと、ですよね」

「ああ、目立つだろ最近。ようやくグリフォンが懐《なつ》いてよ、乗れるのが嬉《うれ》しくて仕方ねぇんだ。ったく、後輩には怖ぇっつーのアレ」

親しみを裏返したような愚痴はなおも続く。それを聞いているのが辛《つら》くなって、やや強引と知りながらも、リタは自分から話を打ち切った。

「……わたし、行きますね。先生に呼ばれていて」

「ん、おまえさんも研究の相談か？　何育ててんだ？　よけりゃおれも付き合わせて——」

「だめです」

真顔で両手を上げてぴたりと制止する。意表を突かれて目を丸くするガイに、リタは慌ててフォローを入れた。

「……その……実は、前の試験の点数が良くなくて。補習の相談を」

「──そっか。ま、分かんねぇことはどんどん訊《き》けよ。せっかく筋いいんだからよ、おまえ」

そう言って、ガイが後輩の頭にぽんと手を置く。すぐにも去るつもりだったのに、その感触と体温が余りにも心地よくて、リタは俯《うつむ》いたまま立ち尽くす。

「……はい、先輩。絶対……そうします」


「目立っているねぇ、君たち」

振る舞われたお茶で唇を湿らせると、秘密基地を訪れたミリガンは後輩たちへ向けてそう口にした。彼らの活躍ぶりはもちろん彼女の耳にも入っている。

「今に始まったことじゃないけど、特に最近はカティ君、ガイ君、そしてピート君。それぞれの分野で見違えるように成長しているじゃないか。先輩として鼻が高いよ」

「まったく同感ですわ。……まだ抱擁が足りませんわね」

「立つなって、シェラ！」「もう祝福のハグはじゅうぶんだ！」

シェラが椅子を立つと同時に逃げ出すガイとピート。ソファを挟んでじりじり間合いを測る三人の間で、資料を読み込んでいたカティが小さくため息《いき》をつく。

「褒めてもらえるのは嬉《うれ》しいけど、実感としてはまだぜんぜん……。解決できた問題より、突き当たる壁のほうがずっと多いんだもん」

「いつだって研究とはそういうものだよ、カティ君。焦《あせ》ることはないし——何より、そう言いながら君はすでに、目に見える成果を上げているじゃないか」

微笑《ほほえ》むミリガン。一方で、二度のフェイントを経て脇を潜《くぐ》り抜《ぬ》けようとしたガイの腕が、その狙いを見切ったシェラにがっしりと摑《つか》まれた。ぎゃあと叫んでハグに処されるガイの姿を横目に、オリバーがこくりとうなずく。

「調教を前提にしても、グリフォンが人を背中に乗せるのは稀《まれ》だと聞く。あれは君が思っている以上に大きな成果だ。……とりわけ、君のやり方の有効性を証明する上では」

「そ、そう？　だったら嬉《うれ》しいな」

軽く頰を染めつつ、カティは手にした資料を膝の上で叩《たた》いて揃《そろ》える。そうしながらちらちらとオリバーのほうを覗《のぞ》き見ていると、ふいに隣に座る東方《エイジア》の少女が声を上げた。

「オリバー。カティが祝福のハグを欲しがってござるぞ」

「ちょ、ナナオ⁉」

「ああ、すまない。気が利《き》かなかったな」

呼ばれた少年が椅子からすっと立ち上がり、ナナオに手を引かれたカティも問答無用でソファから立たされる。慌てふためく巻き毛の少女の体を、去年から始まったフリーハグの取り決めに則《のっと》って、オリバーの両腕があっさり内側にしまい込んだ。

「あふぅ……」

ぎゅっとされた途端に大人しくなったカティを、今度は背中側から挟み込むようにナナオが抱きしめる。ソファを挟んだ反対側ではシェラに捕まったピートが同じようにされているところで、そんな光景にミリガンが微笑《ほほえ》んだ。

「仲の良さにも躊躇《ためら》いがなくなったね。ふふ、私まで中《あ》てられてしまいそうだ。誰か来るかい？」

どさくさ紛れに両腕を広げてみせる彼女だが、その動きはカティとシェラにぎろりと睨《にら》まれた。しょんぼりと腕を下ろして、ミリガンは話を別に移す。

「それにしてもナナオ君は惜しかった。箒打合《ブルームファイト》リーグ戦、あと一息で入賞だったのにね」

「相すまぬ。拙者も全力を尽くし申したが、先輩方の壁は厚くござった」

「謝るな、ナナオ。……賞金・賞品の上乗せに加えて、Ms《ミズ》.アシュベリーの一件があったことで上位勢に気合が入っていた。君自身の経験・技術面での穴もまだまだ多かった。その中で入賞手前まで食い下がったんだ」

カティもろともにナナオの体を抱き寄せてオリバーが言う。ミリガンが繰り返しうなずいた。

「その通り。それに――私の立場から見ても、ナナオ君はじゅうぶんな働きをしてくれた」

「Mr《ミスター》.ウォーレイを落としたことですわね？」

相手が暗に示すところを口にするシェラ。魔女の口元がにやりとつり上がる。

「──現時点での形勢は今ひとつですね。率直に言って」

同じく迷宮一層、前生徒会一派の拠点でも、〈酔師《バーマン》〉ジーノ＝ベルトラーミの口から選挙戦の現状報告が為《な》されていた。落ち着いた声が告げる戦いの推移に、レオンシオは黙って耳を傾ける。

「どの候補も頭ひとつ抜けることが出来ないまま推移しています。加えて浮動票の動向が読めないまま。もつれますよ、このままだと」

「……だそうだ。どう思う？　パーシィ」

「……っ……！」

そう呼ばれて、次期学生統括候補パーシヴァル＝ウォーレイが息を呑《の》んだ。レオンシオが腰かける椅子の傍《かたわ》らに跪《ひざまず》き、彼はその首筋を白い指先に撫《な》で上《あ》げられている。官能の入り混じる恐怖がぞくぞくと背筋を駆け上った。この状況──相手がその気になれば、首など一瞬でへし折られる。

「ハァ、ハ。──あまり虐《いじ》めてやるな、レオ。私も軽くやり合ったが、あの娘は確かに規格外だ。しかも本番にめっぽう強いとくる。パーシィはアベレージを稼ぐのが得意なタイプだから、ああいう相手とは根本的に相性が悪いのさ」

エルフの七年生、キーリギ＝アルブシューフが言葉を挟む。が、ウォーレイは逆に怒りを込めて彼女を睨《にら》み返した。今フォローするくらいなら最初からまともに動けと、そんな不満がありありと顔に表れている。それも無理のないことで、彼のプランを掻《か》き乱《みだ》すのは、往々にして敵以上にキーリギの気まぐれな動きなのだった。

「だとしても、今の時点で勝てない相手ではなかった。競技経験を含めた総合力ではパーシィが上回っていたはずだ」

「まぁそうですね。実際、リーグ戦の順位では入賞したパーシィのほうが上ですから。結果論を承知で、あえて敗因を上げるなら……『負けられない』と意気込んで慎重になり過ぎたこと、でしょうか」

ジーノがそれとなく助け舟を入れる。それを聞いたレオンシオの眉根がわずかに寄った。

「過大なプレッシャーをかけた私にも責任がある、というわけか。……ふん」

「……あっ……」

ウォーレイの首筋に当てられていた指がすっと離れる。おそるおそる表情を窺《うかが》ってくる後輩にあえて目は向けず、レオンシオは正面を向いたまままきっぱりと告げる。

「お前以外を推す気はない。――次は勝て、パーシィ」

「……は……！」

ミリガンの口からひと通りの状況説明が済んだのは、すでに校内でも絶品と知れ渡りつつあるガイ手製のパウンドケーキを茶請けにして、それぞれのティーカップが空になった頃だった。

「――と、まぁ、そんな情勢だ。どちらが有利とも言えないけど、そのせいで私の存在にも少なからず意味が残っているというわけでね」

そう話をまとめたところで、ミリガンは皿に残ったケーキのひとかけらを惜しみつつ口へ運んだ。使い魔のミリハンがテーブルの上をとてとてと歩き回って食器を回収する。これまでの内容を踏まえてシェラが尋ねた。

「最後に流れを決めるのは、やはり……決闘リーグですか？」

「そうなるだろうね。他の点で大きな差がないなら、単純に力を示したほうが選ばれる。ここはそういう場所だよ」

「つまり、ミリガン先輩が勝ちまくって優勝すりゃいいと」

「簡単に言うねぇ、ガイ君」

ミリガンがぷぅと唇を尖《とが》らせる。彼女をしても同じ上級生の中で勝ち残ることは簡単ではないのだ。それを理解した上で、シェラが現実的な目標ラインを推測する。

「優勝とまでは言わずとも、対抗馬のMr.《ミスター》・ウォーレイに勝った上での上位入賞……おそらく、その辺りが目標になってくるのでしょうが。勝算はどの程度ありますの？」

「Mr.《ミスター》・ウォーレイとの一対一なら五分の勝算はあると思うよ。ただ、キンバリーの決闘リーグは頻繁にルールが変わる。必ずしも真っ向勝負になるとは限らないんだ。とりわけ今回は賞品・賞金の上乗せも告知されているからね。正直、教師陣が何を言い出すかが読めない――」

「――こんなものでどうだい？　今回の流れは」

校舎一階の会議室。セオドールが自信満々で出してきた決闘リーグの草案に、他数人の教師たちが今まさに目を通している最中だった。

「……凝り過ぎではありませんか？」

全体を読み通した上で、錬金術担当のテッド＝ウィリアムズが最初にそう尋ねた。縦巻き髪《ロールヘア》の教師が微笑《ほほえ》んで首を横に振る。

「賞金五千万ベルクに対して相応《ふさわ》しい内容にしたつもりだよ。お祭りは盛り上げなければ意味がない。そうだろう？」

「しかし、下級生まで巻き込むとなると……。ガーランド先生のご意見は」

援護を求めたテッドの視線が隣の魔法剣の師範を向く。少しの沈黙を経て、ガーランドは静かに告げる。隠しきれない昂揚を口元に浮かべて。

「……大変面白いかと」

「君ならそう言ってくれると思ってたよ」

にこやかにうなずくセオドール。それでテッドも早々に反論を諦めた。こと決闘に関するイベントでは、ガーランドをその気にさせてしまった時点で相手の勝ちである。

合意に至った教師たちの視線が上座へと集中する。それを受けて、学校長エスメラルダが厳かに決定を下した。

「――構わん。明日の早朝に生徒へルールを告知し、準備を始めろ」

そうして迎えた翌日、生徒会本部《スクールフォース・ヘッドクオーターズ》には早朝から張り詰めた空気が漂っていた。

「……厄介なことになった」

ゴッドフレイの側近を務める色黒の七年生、レセディ＝イングウェが室内を歩き回りながら呟《つぶや》く。彼女もゴッドフレイもティムも、それ以外の生徒会メンバーたちも、校舎に入ってすぐの掲示板で決闘リーグのルール告知を確認済み。その足で本部へと駆け込んでいた。

「こんなルールは前代未聞《ぜんだいみもん》だ。勝ちにいくには学年を跨《また》いでの作戦立案が必要になる。教師どもは何を考えている？」

率直な疑問を呈するレセディ。同じことを考え込む生徒会メンバーたちの中で、ゴッドフレイがぼそりと口を開く。

「……大掛かりで複雑ではある。が、我々が不利というわけではない」

あらゆる疑問を棚に上げて男は言った。彼はいつだって物事をシンプルに考える。即《すなわ》ち――自分がどうしたいか、何をすべきか。

「下級生たちを巻き込む必要はない。我々が堂々と戦って勝つ――それで済むことだ」


「――また、えらく込み入ったルールになったもんだな」

同じ頃、友誼《ゆうぎ》の間でテーブルを囲みながら、オリバーたち六人も公開されたルールについて話し合っていた。同じ内容は新聞部が配っている号外にもまとめられてあり、食事が一段落したところで、彼らはそれに目を通し始める。

「まず、決闘リーグは下級生が二～三年、上級生が四～五年と六～七年、この計三つに分けて開催される。それぞれの学年の中で三人一組のチームを組むことが参加の条件。予選・本戦・決勝の順に執り行われ、予選は全員参加の集団競技、本戦は複数チームでの乱戦、決勝については現時点で未公開。一年生以外は誰でも参加が可能……か」

淡々とルールを読み上げるピートの声。オリバーがそれを引き継ぐ。

「……有利になる上の学年には随時ハンディキャップが設けられる。例えば下級生リーグの場合、二年生がふたり以上含まれるチームには、その分だけ適宜アドバンテージが与えられるようだ。……まだ明かされていない部分も多いが、チーム戦かつ学年混合というのは重要なポイントになるな」

顎に手を当ててオリバーが呟《つぶや》く。——上級生ならともかく、下級生の時点で一年の差は大きい。二～三年生を混合で競わせるならハンデの設定は妥当だろう。それ以上にチーム戦というのが厄介だ。個人戦とは情報量が桁違いで、だからこそ結果が予測し辛《づら》い。

「賞金・賞品はそれぞれのリーグで別個に出される。おれたちでも狙えるってことだよな、これ」

「というより、誰もが狙うでしょう。お遊びで済む内容ではありませんもの。普段ならこうしたイベントを傍観するタイプの生徒まで引っ張り出す——それが先生方の目論見《もくろみ》なのでしょうね」

ガイの言葉に、教師たちの意図を推し量ったシェラがぽつりと言う。それから仲間のふたりに向き直って、ひどく寂しげな面持ちで告げた。

「非常に心苦しいのですが、最初に言っておかなければなりませんわね。……オリバー、ナナオ。あたくしは今回、あなたたちとはチームを組めません」

「む。そうなのでござるか？」

きょとんと首を傾《かし》げるナナオ。その隣で、オリバーが腕を組んで相手の事情を推し量る。

「……そうか、決闘リーグの運営側にセオドール先生がいるんだな。……ひょっとして、この込み入ったルールそのものも？」

「お察しの通り、ほとんど父の考案ですの。ですので……娘のあたくしは、少々立場が難しいのです。リーグに出るなとまでは言われていませんが、あなたたちのような学年トップ層、いわば『優勝候補』とチームを組むのはさすがに憚《はばか》られます。仮に優勝した場合、出来レースのような印象を持たれてしまいますから」

ため息をつくシェラ。それから少しの間を置いて、巻き毛の少女がおもむろに顔を上げる。

「――ガイ、ピート。これ、わたしと一緒に出ない？」

同じテーブルの五人が一斉に驚きを顔に浮かべる。ピートと共に名指しされたガイが、少女の顔をじっと見つめて腕を組んだ。

「……へぇ。取りに行く気か、五千万ベルク」

「取れるとまでは思ってない。でも、せっかくのチャンスを見過ごすのも違う気がする」

「意外だな。切った張ったは嫌いだろう、オマエ」

「嫌いだよ。でも――嫌いだからって避けられるものじゃない。ここにいる限りはね」

カティの返答に淀《よど》みはない。三人の顔を見比べて、縦巻き髪《ロールヘア》の少女がふむと鼻を鳴らす。

「――なるほど。その三人で出たいんですのね？　あたくしやナナオ、オリバーとではなく」

「……うん。その誰かと組んじゃうと、きっと頼っちゃうから。自分たちの力だけでやってみたいんだ」

カティは言う。賞金や賞品を求める以上に、自分たちの二年分の積み重ねを試したいのだと。決意の宿るその表情を横目に、眼鏡の少年もまた声を上げた。

「実を言うと、ボクもそのつもりだった。カティから先に言われるとは思わなかったが」

「やる気あんなぁ、おまえら。……そこまで言われちゃ、おれだって付き合わねぇわけにゃいかねぇだろ」

ピートとガイがそれぞれの言葉で承諾を示す。そうしてあっという間に一組のチームが出来上がるのを見て、オリバーは自分も呑気《のんき》にはしていられないと思い直す。このイベントに対してのスタンスを決めて、参加するなら早くメンバーに当てを付けなければ。

「――ミシェーラ。ちょっと」

彼が思案していると、ふいにテーブルの外から声がかかる。六人が振り向くと、見覚えのある少女が従者の少年と共に立っていた。呼びかけたシェラから、どこか照れくさそうに目を逸《そ》らして。

「あら、ステイシー？　どうしましたの」

「ほら、スー」

「……決闘リーグのチーム、もう決めたかなって思って。……当てがあるなら、その、別にいいんだけど」

フェイに促されてぽつぽつと尋ねる間も、ステイシーの指先は意味もなくローブの袖を弄んでいる。その様子にオリバーは苦笑した。彼女が望むところは誰の目にも明らかだ。

「行ってこられよ、シェラ殿」

本人が何か言う前に、ナナオの言葉が縦巻き髪《ロールヘア》の少女の背中を押す。さらにオリバーたち四人が無言で頷《うなず》いてみせると、シェラも苦笑して静かに席を立った。

別のテーブルへ向かう三人の背中を見つめて、ふとガイが得心したふうに呟《つぶや》く。

「……なるほどねぇ。シェラぐらい強ければ、引き抜きだって当然あるよな」

「そうだな、チームを組むところからもう戦いは始まっている。……もともとシェラはMs.《ミズ》コーンウォリスと縁が深い。俺たちと組めない以上、あのまま彼女らと組むかもしれないな」

そう言っている間に、オリバーの中でも方針が固まり始めた。彼は同じテーブルの隣に座る東方《エイジア》の少女へと向き直る。

「――ナナオ。もしリーグ戦に出るつもりなら、俺は君と組みたい。無理強いは出来ないが……これぱかりは、なるべく断って欲しくないところだ」

「承知してござる」

笑顔で即答するナナオ。その返事にほっとしながらも、オリバーの胸中には複雑な感情が渦巻いた。――同じチームなら、どうあっても斬り合うことはない。彼女を真っ先に誘った理由は何よりもそれだ。自分にとってはリーグ戦の勝敗にも優先する前提条件。

「――ふむふむ。ということは、三人目が必要になるねぇ」

と、そこに、またしてもテーブルの外から声がかかる。いつもの相手なので誰も驚きはせず、オリバーとナナオが声の方向に向き直った。無邪気な笑みを浮かべた転校生の少年がそこにいる。

「お早《はよ》うでござる、ユーリィ殿」

「……レイク、いい加減どうにかならないか。話題に突然入ってくるその癖は」

無駄と知りながらも一応は言っておく。そんなオリバーの肩に遠慮なく手を置きつつ、決闘リーグの詳細が記された号外を片手に、ユーリィがにっこり笑う。

「迷宮から戻ってきたら、なんだかずいぶん楽しそうなことになってるじゃない。本当にここは退屈しないなぁ」

「君も決闘リーグに興味があるのか？」

「もちろんさ。ぼくはお祭りごとが何だって大好きだよ。たくさんの人と知り合って、たくさんの『謎』に触れられるからね！」

そう答えたユーリィが胸を張る。多額の賞金でも希少な賞品でもなく、ただ新しい出会いに思いを馳《は》せて。オリバーは目を細めた。そのシンプルな姿勢には、ともすれば少しの羨望《せんぼう》を覚えかける。

「君と組むとは限らない。……が、チームメイトに当てを付けておく必要があるのは確かだ」

そう言ってナナオの手を握ると、オリバーはカティたち三人に目配せして席を立つ。ユーリイに何も言わないのは、どうせ黙っていても付いてくると分かっているからだ。

「偵察に行こう。他の生徒たちの動向を見たい」


そうして案の定、テーブルを離れた瞬間から、彼らに勧誘の嵐が叩《たた》き付《つ》けた。

「――Ms《ミズ》．ヒビヤ、決闘リーグ一緒にどう⁉」

「Mr《ミスター》．ホーン、ウチでエース張ってくれよ！　……ダメか⁉　どうしても⁉」

次々と寄ってくる生徒たちにオリバーが断りを返して、それでも諦めない連中を手で掻《か》き分《わ》けて進んでいく。ひたすら繰り返されるその光景に、ユーリィがヒュゥと口笛を鳴らす。

「モテモテだねぇ、ふたりとも！　でも、なんでぼくは誰も誘ってくれないのかな？」

「君の実力が周りに知られていないのがひとつ。他の理由は……自分の胸に聞いてくれ」

そんな会話を交わしながら広間を巡っていく三人。勧誘でごった返す空間に同学年の実力者たちの姿を探しつつ、オリバーはふと覚えた疑問をユーリィにぶつける。

「そもそも、君は今何をやっているんだ？　相変わらず校内と迷宮の気ままな探索か？」

「それもそうだけど、今はちゃんと目標があるよ。気になる『謎』がふたつあってさ。その捜査をしているんだ！」

「謎、にござるか？」

「そう。題して、『教師失踪事件』と『骨抜き事件』！」

人差し指を立てて声高に言ってのけるユーリィ。誰憚《はばか》ることのないその様子に、オリバーがじろりと彼を睨《にら》む。

「……教師の失踪について単独で調べているのか？　命知らずにも程があるぞ。生徒会ですら実質ノータッチの案件だというのに」

厳しい言葉で相手の無謀を咎《とが》めるオリバー。真剣なその視線を前に、おふざけを止めたユーリィがすっと背筋を伸ばす。

「うん――もちろん分かってる。でも、君たちにもあるだろう？　誰に何を言われても譲れないこと、止められないこと。ぼくにとっては『謎解き』がそれに当たるんだ。なぜなのかは自分でも分からないけど、きっと求めているんだろうね――この体を流れる血か、それとも魂のほうが」

達観したように笑う少年。その姿を前に、オリバーもそれ以上の苦言は呑《の》み込んだ。……他人の生き方など、もとより簡単に変えられるものではない。それが魔法使いならなおのこと。

「あ、でも勘違いしないでね。犯人をやっつけたいとか罰したいとか、そんなことはこれっぽっちも思ってないよ。ただぼくは、『誰が』『何を想《おも》って』『どう事を成した』のか――あるいは、『どう成そうとしている』のか。その全てが知りたいだけ。調べずにはいられないんだ」

「……止めても無駄なのは分かる。なら、もうひとつの『骨抜き事件』というのは――」

「お、いたな。Mr《ミスター》．ホーンにMs《ミズ》．ヒビヤ」

ふいに無遠慮な声が会話に割って入った。オリバーたちが振り返ると、そこには初めて目にする小柄な上級生の女生徒の姿がある。困惑する彼らへ、相手は無遠慮に詰め寄った。

「ちょっと顔貸せ。話がある」

「ええと……まず、どなたですか？」

「は――？　何言ってんだお前、僕だ僕。何度も会ってるだろ」

睨まれたオリバーがますます困惑する。随所にフリルをあしらった制服は原型を留《とど》めないほど大胆に改造されており、これほど特徴的な相手と以前に会っていれば忘れるはずがない。だとすれば、面識を持った時とは外見が違うのだろうか――そう踏んだオリバーが視線を相手の顔面に集中させる。それでもすぐには分からなかったが、長いまつ毛の奥のやや剣呑《けんのん》な光を帯びた瞳と目が合ったところで、突然ハッと思い至った。

「――Mr《ミスター》．リントン？　ゴッドフレイ統括の側近の？」

「だからそうだっての。なんだよ鳩《はと》が豆鉄砲食らったような顔で。……あ、もしかして初めてだったか？　こっちの格好で会うの」

こくこくとうなずくオリバー。言われてみれば口調こそ同じだが、服装から声色に至るまで、他の要素が余りにも少女然とし過ぎている。たとえ変化を使っても一朝一夕でこうはならない。目を白黒させる少年を前に、ティムが桜色の唇を尖《とが》らせて肩をすくめる。

「……そりゃ悪かった。ま、僕は女装も気分で割とするからな。今回で覚えとけ。ほれ、カワイイだろ？」

そう言って軽く接吻《キス》を投げてみせるティム。その姿と所作はまさに可憐《かれん》の一言であり、中身の「毒殺魔」とのギャップにオリバーは深刻な眩暈《めまい》を覚えた。かといってそれを悟られても怒りを買いそうなので、少年は気を引き締めて問い返す。

「わ、分かりました。それで、ええと――何の御用ですか？」

「決闘リーグについてだ。お前らの参加の有無と、誰と組むかを知りたい。ってか教えろ早く今すぐ。まぁ返答は任意だけど、拒否とかすんなよ面倒だから」

内容が盛大に矛盾してはいたが、どの道チームを登録した時点で周りにも編成は知られるので、その程度のことを生徒会に隠し立てする理由もない。オリバーは素直に現状を説明する。

「……現時点で決めているのは、ナナオと組んで参加することです。三人目のメンバーについては検討中ですが」

「そうか。じゃ、決まったら即教えろ絶対に。任意だけどな」

繰り言のように付け加えてから、ティムはいきなりオリバーの襟首を掴《つか》んで引き寄せる。そのまま驚く後輩の耳元で囁《ささや》いた。

「ついでに、これはただの独り言だ。――今回の決闘リーグ、結果次第で選挙に大きな影響がある。なのに教師どもが前例のないルールを設けやがって、展開に読めないところが多い。僕の言ってること分かるよな？」

「……はい」

「出るなら本気でやれ。あと、組む相手はちゃんと考えろ。まぁ全部任意だけどな！」

そこまで伝えると、ティムはバンと肩を叩《たた》いて後輩から離れる。ナナオの現状についてはオリバーが話した内容に含まれていたため、その視線は続けて傍《かたわ》らのユーリィへ向いた。

「転校生のMr.《ミスター》レイクだな。おまえ、選挙では誰を支持すんだ？」

「まだ決めてませんね。これからの活動を見て、いちばん素敵だと思った人にしようかと！」

「……そうか。早めに決めとけよ」

もともと興味が薄いのか、こちらに対してはさほど食い下がることもなく、一言残してティムはさっさと立ち去って行った。人波の中に消えていくその背中を見送りつつ、ナナオがぽつりと呟《つぶや》く。

「ただならぬ様子でござったな、何やら」

「下級生リーグの趨勢《すうせい》も選挙に影響しかねないということだろう。……ミリガン先輩が生徒会と組んでいる以上、彼女を支持する俺たちも、広義では生徒会側の手駒に数えられているはずだ。まるきり無関係というわけにはいかないだろうな」

オリバーが頷《うなず》く。前例のないルールへの対応に四苦八苦する生徒会の現状が、今のティムのやり取りから垣間見《かいまみ》えていた。そちらへの配慮も含めて、後で改めて従兄《あに》と従姉《あね》に確認しておく必要がある――そう考えつつ、彼は改めて周囲へ視線を巡らせる。

「ゴッドフレイ統括の考えも気になる。が、今はひとまず同学年の強者たちの動向を――」

「ひょっとしてボクのこと探してるん？」

みなまで言わせず飄々《ひょうひょう》とした声が割り込む。オリバーが広間の喧騒《けんそう》へ向け直した視線の先に、人懐《ひとなつ》っこい笑みを浮かべて長身の少年が立っていた。

「ロッシ。……そうだな。君のことも気になっていた」

「なはは、強者に数えてもろて嬉《うれ》しいわ。……そいつ連れてるんは気に食わんけどなぁ」

不機嫌な声で言って、ロッシはじろりとユーリィの顔を睨《にら》む。それでこのふたりは相性が悪かったのだとオリバーも思い出した。さりげなく相手の視線を遮って立ちつつ、彼は改めてロッシに問いかける。

「この手のイベントに君が出ないということはないだろう。……俺はナナオと組む。君はどうするんだ？」

「ふーん？　その言い方やと三人目は未定かい。だったらキミと組むのも面白そうやなぁ」

「早々に裏切りか。いい度胸だ」

低く重い声がロッシの背後から響いたと思うと、その襟首が大きな手に摑《つか》み上げられた。半ば宙に浮かされた体勢で、それでもロッシは悪びれずにべぇと舌を出す。

「ほんの冗談やん。怖い顔せんといてや旦那」

懲りずに減らず口を叩《たた》くロッシ。そんな彼の背後に佇《たたず》む重厚な風格の少年と、オリバーはまっすぐ目を合わせる。

「Mr《ミスター》. オルブライト。……君は、ロッシと組んで出るのか」

「自《おの》ずと人選は限られる。本気で勝つ気ならな」

片手にチームメイトを吊《つ》り下《さ》げたオルブライトが言う。空中でぶらぶらと左右に揺れながら、ロッシもそこに言葉を添える。

「キミと組めば頼もしいけども、それだと肝心のキミに勝たれへん。不調もまぐれもナシで、今度こそキッチリ勝たしてもらうで」

「ああ、前はすまなかった。……もちろん受けて立とう」

頷《うなず》いて挑戦に応じるオリバー。が――そこでふと気になった。彼らが組んでリーグ戦に出場するのは分かったが、選挙に対してはどういうスタンスなのか。

「……話は変わるが。ふたりとも、選挙のことはどう考えている？」

「ボクはノンポリやからノータッチ。旦那は？」

「考える余地があればいいのだがな。生憎《あいにく》と、俺はオルブライトの長男だ」

肩をすくめてオルブライトが言い、オリバーはその反応から相手の事情を推し量る。家同士の繋《つな》がりや政治的な立場から投票できる対象は限られていて、そこに個人の考えを差し挟む余地はない――ということだろう。異端狩り《グノーシスハント》の名門の嫡子が人権派の候補者に投票した、などという話はそれ自体が波乱の火種になり得るのだ。その事情を踏まえれば、オルブライトの投票先は保守派の生徒——即ち前生徒会派閥のいずれかの候補に絞られる。

だが、とオリバーは思う。——一年の頃の、自分やナナオと杖《つえ》を交える前の彼なら。そのしがらみを今のように不満げに、あるいは冗談めかして口にすることはなかっただろうと。妙な感慨をそこに感じながら、オリバーは静かに頷《うなず》く。

「……そうだな、すまない。考えれば分かることだった」

「構わん。どの道些細《ささい》なことだ、お前たちとの再戦に比べれば。——なぁ？　我らのリーダー」

不敵に笑ったオルブライトの視線が背後を向く。その方向から新たに歩いてきたひとりの人物に、オリバーはむ、と目を細めた。

彼らと同学年の、所作のひとつひとつから育ちの良さを窺わせる長髪の少年。ロッシ、オルブライトの両名よりもさらに以前——最初の魔法剣の授業まで因縁が遡る相手と、オリバーは久しぶりに正面から向き合う。

「Mr《ミスター》．アンドリューズ。——君が三人目か」

「ああ。チーム戦ならこのふたりを誘うと以前から決めていた。……もちろん君たちに勝って優勝するためだ。Mr《ミスター》．ホーン、Ms《ミズ》．ヒビヤ」

開口一番に挑戦状を叩《たた》きつけるリチャード＝アンドリューズ。が——因縁のふたりの傍《そば》にぽかんと立っているユーリィの姿を見て、彼はわずかに眉根を寄せる。

「……そちらの三人目はミシェーラではないのか？　もちろん答えなくてもいいが」

「いや、まだ決まっていない。別に隠すわけではなく、純粋に今考えているところだ」

シェラの都合はひとまず除いて、オリバーは素直に現状を伝えた。相手の質問が探りを入れているのではなく、むしろこちらに万全の態勢であって欲しいという思いの表れだと分かったから。二年以上の付き合いとなれば、さすがにその程度の気心は知れている。

そうか、と頷《うなず》くアンドリューズ。そんな彼の様子をオリバーの傍《かたわ》らでじっと見据えつつ、ナナオがうむと微笑《ほほえ》んで口を開く。

「闘志が漲《みなぎ》ってござるな、アンドリューズ殿。今から試合が楽しみにござる」

「――そうか。君にそう見えているなら、僕も自信が持てる」

ふっと微笑《ほほえ》んで呟《つぶや》き、アンドリューズは身をひるがえした。そのまま歩き出す彼にロッシとオルブライトが続く。いずれも己の実力に自負がある三人が手を組んだことで、その背中には紛れもない強豪チームの風格が宿る。

「リーグのどこかで僕らとやり合う。三人目の人選はそれを踏まえて決めてもらいたい。でなければ、必ず後悔することになるだろう」

「へぇ。おれたちも出られんのか、決闘リーグ」

友誼《ゆうぎ》の間を見渡せば、もちろん賑《にぎ》やかなのは三年生ばかりではない。新聞部の配った号外を読んでそう口にした二年生のディーンに、同じテーブルを囲む友人のピーター＝コーニッシュが問いかける。

「先輩方の騒ぎようを見る限り、例年とはルールが大きく違うみたいだね。……ディーン、もしかして出たかったりする？」

「出るに決まってんだろ。せっかくキンバリーにいんだぞ、こういう時に場数踏んでなんぼだ」

「アールト先輩とは組めないと思うよ」

ぽつりとリタが言葉を挟む。不意を突かれたディーンが盛大に紅茶を噴き出した。

「ごほっ、ごほ……！　な、なんだよリタ、いきなり！」

「あっ、ご、ごめん。……その、あの人が参加するとしたら、ホーン先輩やヒビヤ先輩、ガイ先輩と組むんじゃないかなって。そう思っただけで」

慌てて釈明する少女。ピーターが苦笑して紅茶まみれのテーブルを呪文で掃除する。

「もう認めなって。ディーンがアールト先輩に首ったけなのはみんな知ってるよ」

「そんなんじゃねぇ！　お、おれは尊敬してんだよ、あの人のこと！」

「確かに、半年足らずでグリフォンを手懐《てなず》けちゃったのは驚いたよね。そのせいでディーンはますます近付きづらくなっちゃったけど」

「だから変に勘ぐるんじゃねぇってのに！　……去年一年、あの人にはたくさん助けてもらったし、守ってもらった。ちったぁ成長したところを見せてぇんだ」

「……ああ……分かるなぁ、それ」

ガイの開けっ広げな笑顔を思い浮かべながらリタがしみじみと呟《つぶや》く。去年一年だけで、彼女もどれだけ先輩の世話になったか分からない。園芸に喩えるなら、水を撒《ま》かれた分だけ育ったのだと伝えたい――そう思うのは、目をかけてもらった側としてごく自然なことだ。

しばらく考えた末、彼女は微笑《ほほえ》んでディーンに向き直る。

「一緒に出よっか、ディーンくん。私も先輩方にいいところ見せたくなっちゃった」

「おお。話が分かるじゃねぇか、リタ」

にっと笑って腕を掲げたディーンに、リタも自分の腕を合わせて応える。その様子を見ていたピーターが腕を組んで唸《うな》った。

「僕も付き合いたいところだけど、戦いにはちょっと自信がなぁ……。もうひとりメンバーがいればサポートに集中できるんだけど」

言いつつ、ちらりとテーブルの一角に視線をやる。これまで一度も会話に参加してない友人がそこにいた。たっぷりシロップをかけたパンケーキをナイフで切り分けつつ、テレサはじろりとピーターに視線を返す。

「……なんですか」

「おおン？　なんですかってなんですかァ？」

「こらディーンくん、喧嘩腰《けんかごし》にならないの。——ねぇ、テレサちゃんにはいない？　この機会にいいところ見せたい人」

問われたテレサがぴたりと食事の手を止める。彼女もまた、ひとりの面影が浮かぶまでに時間は要らなかった。


箒《ほうき》競技のリーグ戦がそうだったように、決闘リーグの結果も少なからず統括選挙の結果に関わってくる。それを踏まえて、オリバーはルールが告知された日の夜に、従兄《あに》と従姉《あね》の工房を訪ねた。

「——ゴッドフレイ陣営を勝たせねばならん。が、あまり組織的に動いては教師どもに悟られる」

部屋の片隅に置かれたケージの前に立ち、その中の使い魔たちに餌をやりながらグウィンが言う。選挙戦を巡る情勢が複雑さを増している影響か——彼にしては珍しく、横顔に多少の疲労が見て取れた。

「厄介な話ではあるが、このジレンマに悩みながら策を巡らせるのは我々の仕事だ。お前は好きな相手とチームを組んで真っ当にリーグの優勝を目指せばいい。あるいは参加しない、というのならそれでも構わん。ただし決定は早めに伝えろ。我々のほうでも手の回し方が変わってくる」

「……参加は、しようと思っている。こういうイベントでは堂々と振る舞ったほうがいいはずだ。けれど、『普通に参加して優勝を目指す』のと、『あらゆる手を尽くして確実に優勝を獲《と》りにいく』のでは行動が変わってくる。俺は本当に前者のスタンスでいいのか？」

「一介の三年生の範囲でベストを尽くす分には構わん。我々からのバックアップもなくはないが、お前はそれを意識せず動け、ということだ」

従兄《あに》の言葉にオリバーもうなずいた。いち生徒の立場からリーグ優勝を狙い、その活躍でゴッドフレイらを応援する——いま自分が取る行動としては、それがもっとも自然ということだ。

「……私はいかが致しましょう」

真横から少女の声が響いた。オリバーが目を向けると、すぐ隣の床に跪《ひざまず》いたテレサの姿がある。ルール上は彼女も決闘リーグに参加可能だということを踏まえて、彼はしばし思案した。

「——君も身近な友人を誘って参加したらどうだ、テレサ。……おそらく今回のルールだと、三年生は三年生同士、二年生は二年生同士で組む者が多いはずだ。俺もそうするつもりだから、こちらのサポートは考えなくていい」

少女へそう告げた上で、オリバーは再び従兄《あに》へ向き直る。使い魔の世話を終えたグウィンも、手拭いで両手を拭きながらふたりを振り向く。

「構わないだろう、従兄《にい》さん。テレサはまだキンバリーの中で浮いているところがある。環境に溶け込む意味でも、この手のイベントには積極的に出たほうがいいはずだ」

「仰《おお》せの通りに致します」

グウィンの反応を待たずにテレサが声を上げた。反対される前にさっさと話を決めてしまおうという腹だ。彼女の澄ました横顔を眺めて、グウィンが軽くため息《いき》をつく。

「そう判断するなら構わん。……だがノル、迷宮内での行動にはこれまで以上に気を付けろ。以前にはＭｓ．《ミズ》ヒビヤを狙った襲撃があったそうだが、今度はお前自身が狙われる立場だぞ」

従兄《あに》の忠告に、オリバーは重くうなずいた。ナナオ、ユーリィと共に二層で戦った相手のことが否応《いやおう》なく思い出される。今は亡《な》きモーガンのおかげで事なきを得たが、あの切れ切れの笑い声は忘れがたく耳に残っていた。

「今後しばらく、お前が迷宮に入るタイミングでは、上級生の同志が必ず同じ階層にいるように手配する。俺でもシャノンでもいい、潜る際は事前の報告を忘れるな」

「ありがとう、従兄《にい》さん。……早速だけど、今夜も頼む」

そう告げて椅子を立つと、オリバーは部屋の出口へ向けて身をひるがえし——その瞬間、袖が横からくいと引かれた。彼が目を向ければ、さっきまで部屋の隅で魔法道具を整理していた従姉《あね》のシャノンが、にこにこと笑ってそこに立っている。

「……従姉《ねえ》さん？」

「途中まで、いっしょに、行こ。テレサ、も」

軽い散歩にでも誘うように彼女は言う。それを断ることなど、もちろんオリバーにはどう足《あ》搔《が》いても不可能だった。

気晴らしに歩くのなら二層がいい。緑が豊富で、空が高く、まがい物でも太陽がある。迷宮に潜り続けるにつれてオリバーにも分かってきた。校舎へ戻る間すら惜しんで研究に没頭する上級生たちにとって、この空間は仮初の地上なのだと。

オリバーがそんなことを思いながら従姉《あね》と並んで歩いていると、ふいにテレサが駆け寄ってきた。今は彼女も潜んでおらず、その手の中には、近くの地面からもぎ取ってきたと思《おぼ》しき草がある。

「──食われず草《ペッパーウイード》です」

「煎じると虫除《むしよ》けになります。齧《かじ》るとすごく辛いです」

「よく知ってる、ね、テレサ。えらい、ね」

シャノンが褒めて頭を撫《な》でると、テレサはすぐに再び駆け出していく。そのまま少しの間周囲をうろちょろしていたが、一分と経《た》たずに再びふたりのもとに駆け寄ってきた。今度は半透明の大きな芋虫を鷲掴《わしづか》みにしている。

「ぼんやり蛾《ブレアリス》の幼虫です。生食できますが、とてもまずいです」

「……食べたことがあるのか？」

「あります。口の中が紫色になって、しばらく何の味も分からなくなるのです」

「そうか……。貴重な知見だ」

「食べてみますか？」

「また今度にしておく」

少年がそう答えると、手の中の芋虫を放り捨てて、テレサはまたちょろちょろと動き回り始めた。息遣いすら気付かせず隠れ潜むいつもの彼女とは真逆の様子を、オリバーは少し困惑して見つめる。

「……はしゃいでいるのかな、あれは」

「ふふ、かわいい、よね。ノルの前、だと……いっつも、背伸びしてる、から」

その言葉に、オリバーはハッと思い至る。……はしゃいでいるという以上に、こちらの姿がテレサの地なのではないか。いつもの寡黙さは隠密《おんみつ》という務めが彼女に求めるものだ。その必要がない時に見せる今のような振る舞いこそ、少女の本来の――。

テレサの背中を見つめて立ち尽くすオリバーに、シャノンがこっそりと耳打ちする。

「……大丈夫。入学してからは、楽しそう、だよ。友達の、話も……けっこう、するの」

その話にせめてもの救いを感じて、オリバーは力なくうなずいた。そうして無言のまま歩みを再開する従弟《おとうと》に、シャノンはそっと問いかける。

「……体は、どう？」

「……ああ、すっかり復調したよ。動かす時の違和感も消えて、前より調子がいいくらいだ」

「……そう……」

「だから、もう何の心配も――」

「そんなわけ、ない」

オリバーの言葉に被《かぶ》せてシャノンが言い切った。俯《うつむ》いたその横顔に、少年が息を呑《の》んで足を止める。

「どれだけ、痛かったか……知ってる。……ぜんぶじゃない、けど……わたし、ちゃんと知ってる」

「……従姉《ねえ》さん」

立ち尽くすオリバーの頬にシャノンの両手が添えられる。涙の浮かぶ瞳でまっすぐに従弟《おとうと》を見つめて、彼女は震える声で告げる。

「……ノルのこと……心配じゃない時なんて……ない……！」

止《と》めどなく零《こぼ》れる従姉《あね》の涙を前にして、少年があらゆる言葉を失う。そんなふたりの間を、テレサはどうすればいいか分からないままおろおろと行き来し――しかし、そこで感じ取った第三者の気配が、彼女に隠密《おんみつ》としての行動を取らせた。茂みの中へ身を隠した少女の姿に、オリバーもハッとして従姉《あね》から身を離す。

「——おや？」

ふたりが視線を向けた先から、ほどなく茂みを掻《か》き分《わ》けてひとりの少年が現れる。好奇心に輝く瞳でオリバーとシャノンを順番に見つめて、ユーリィ＝レイクは気さくに声を上げた。

「初めまして先輩、二年のユーリィ＝レイクです。いつもの五人とは違う連れだね、オリバーくん」

「こんばんは、は。わたし、七年生の、シャノン＝シャーウッド。……ノルの、お友達、だね」

寂しげに微笑《ほほえ》んでシャノンが挨拶を返す。……これでもう、話の続きは出来ない。今ばかりはユーリィの乱入に救われた気持ちになって、オリバーは彼のほうへ逃げるように歩み寄る。

「……どうせ三層に潜るんだろう、レイク。俺も付き合う」

返事を待たずに足を速めるオリバーに、先輩へ目礼してからユーリィも続く。そうしてふたりの姿が木立の中に消えた後も、シャノンはその場でずっと、従弟《おとうと》が去っていった方向を見つめていた。

「——邪魔しちゃったね。ごめん」

木立の中をしばらく無言で歩いたところで、ユーリィがぽつりと詫《わ》びを口にする。彼にしては珍しい殊勝さにオリバーが眉根を寄せた。

「……君が突然割り込んでくるのはいつものことだろう。なぜ今回だけ謝るんだ？」

「はは、まぁそうなんだけど。──あんなに寂しそうな顔、見せられちゃうとさ」

シャノンの微笑《ほほえ》みを指してユーリィが呟《つぶや》く。それを聞いた瞬間、鉛を背負ったようにオリバーの足が鈍った。今すぐ駆け戻りたい衝動が胸の奥にこみ上げるが、それを辛《かろ》うじて呑《の》み込んで、彼は隣の少年に向き直る。

「昼に話した件で、ひとつ訊《き》きそびれていたことがあった。君が独自に捜査している事件のふたつめ──『骨抜き事件』とは何のことだ？」

「ああ、それ。んーと──ちょっと込み入った説明になるけど、構わない？」

オリバーがうなずいて足を止める。その目の前で倒木に腰かけて、ユーリィが口火を切った。

「最初に言っておくと、『骨抜き事件』って名前はぼくが付けたものなんだ。だからたぶん、今の時点でそれを『謎』として認識してるのはぼくだけだと思う」

「？　君しか知らない事件、ということか？」

「んー、ちょっと違うかな。出来事そのものはみんな知っていても、それを『事件』だと思ってない──っていうのが近い」

唐突に謎めいた言い回しが飛び出す。困惑するオリバーへ、ユーリィはさらに続ける。

「早めに言っちゃうと、犯人は分かってる。七年のサイラス＝リヴァーモア先輩だ」

「――!?」

「あ、会ったことある？　いいなー、ぼくはまだないんだよね」

興味津々《きょうみしんしん》で尋ねてくるユーリィ。が、オリバーは対照的に険しい面持ちで答える。

「……何度か、穏やかじゃない状況でな。君も知ってると思うが、骨を媒介とした高度な複合魔術を操る魔法使い。キンバリーでも指折りの危険人物だ」

「うんうん、『屍拾い《スカベンジャー》』なんて異名で呼ばれてるんだってね。で――このリヴァーモア先輩、たまに迷宮内で生徒を襲うじゃない？　実はこの前、その被害に遭った直後の相手を見つけてさ。五年のパメラ先輩って人」

「〈迷宮商人〉のMs《ミズ》.ゴートンか？　俺もよく世話になる相手だ」

「うん、一層でよく露店を広げてるよね。補充に便利であれは助かってる」

ユーリィの気楽な言葉とは裏腹に、オリバーの表情はますます険しくなる。――自分たちが頻繁に世話になっているように、パメラ＝ゴートンは多くの生徒にとって「いてくれたほうがいい」存在だ。だというのに、リヴァーモアはなぜ彼女を狙ったのか？

「二層と三層の間に休憩場所の洞窟《ケイブ》があるでしょ？　あそこで彼女が倒れてるのを見つけてさ。とりあえず介抱して話を聞いたら、リヴァーモア先輩にやられたって話してくれて。軽く体を診てみたんだけど、彼女、骨を取られてたんだ。第二腰椎《ようつい》――それも丁寧に当座の義骨とすり替える形でね。しばらく休んだら自分で歩いて校舎に戻っていったけど、だいぶ調子は悪そうだった。背骨は魔力循環に大きく関わっているから当然だけど」

「……骨を、取られていた」

腕を組んで言葉を繰り返すオリバー。そこへユーリィはさらに情報を付け加える。

「気になって調べてみたら、こういう被害に遭ったのはパメラ先輩だけじゃないみたいなんだ。過去三年、色んな生徒がリヴァーモア先輩に襲われて骨を抜かれている。被害に遭った生徒はしばらく不調になるけど、きちんと治癒するように処置してあるから大事にはならない。それだから被害を生徒会に報告していない生徒も大勢いるんじゃないかな」

「……どうやって調べたんだ？　君自身は、公になっていないその被害を」

「特別なことはしてないよ。生徒会が保管している迷宮内の事件・事故記録を見せてもらって、その情報を基に被害者を訪ねて聞き込みしただけ。君だったら読んだこともあるんじゃない？」

なるほど、とオリバーは納得した。その記録なら彼自身も何度かチェックしたことがある。迷宮内でのトラブルを減らすことはゴッドフレイの長年の目標なので、閲覧を願い出たら喜んで見せてもらえたのだ。その記録を参考に、頻度の高い事故をピックアップした新聞記事なども校内では定期的に出ている。

「骨を媒介に魔法を使うんだよね、リヴァーモア先輩。その情報はみんな知ってるもんだから、生徒を襲って骨を奪うことも特に疑問視はされていない。みんな『何かの術式に使うんだろう』くらいの認識でいると思う。でも、ぼくはそこに引っ掛かりを覚えてさ」

徐々に早口でまくし立てつつ、ユーリィがローブの懐《ふところ》から一冊のノートを取り出す。彼の捜査手帳といったところだろうか。びっしり書き込みがなされたその中身から、ユーリィはひとつのページを広げてオリバーに見せつける。

「見てよこれ。生徒会の記録の閲覧と生徒への聞き込みから、リヴァーモア先輩が奪った骨の一覧を作ってみたんだ。全部で六十二本。申告されなかったケースも多いだろうから、もちろん完璧じゃないけど――」

彼に見せられるまま、オリバーもその一覧を確認する。肋骨、鎖骨、橈骨《とうこつ》、尺骨、脛骨《けいこつ》、膝蓋骨《しつがいこつ》――上から下まで目を通したところで、すぐにひとつの事実に気が付く。

「……これは」

「面白いでしょ？　そう、ひとつも重複がないんだ。人間の骨は約二百本だから、無差別に六十本以上も集めていればどこかで被《かぶ》って当たり前のはず。それが起きてないってことはつまり、リヴァーモア先輩が意図的に重複を避けてる可能性が高いよね」

にこにこと笑うユーリィ。そこから自然と導かれる想像を、オリバーはぽつりと口にする。

「……人間ひとり分の骨を、集めている……？」

「そう考えるよね、やっぱり」

ぱたんとノートを閉じて懐《ふところ》にしまうユーリィ。その瞳が、抑えきれない好奇心に爛々《らんらん》と輝く。

「ぼくが追ってる『謎』はこれさ。なぜ生徒の骨を奪って集めるのか？　それで何をしようとしているのか？　ああ、気になって気になって仕方がないよ！」

「……その分だと、今後も捜査を続ける気なんだろう。次はどうするつもりだ？」

「そうだねぇ。材料を揃《そろ》えて仮説をまとめて、それから本人に直接尋ねようかな。記録にあるリヴァーモア先輩との遭遇事例は三層以降のケースが大半だから、その辺りをうろうろしてればいつか会えると思うし」

「本当に意味が分かって言っているのか？　君のそれは、相手の魔道の核心に触れて暴こうとする試みだ。まして相手はあの『屍拾い《スカベンジャー》』――自殺行為以外の何物でもない」

厳しく警告するオリバー。それを聞いたユーリィがぱっと顔を輝かせた。

「ぼくを心配してくれるんだね。嬉《うれ》しいなぁ！」

「喜ぶな！　君の無謀に対して当たり前の忠告をしているだけだ！」

語気を強めてオリバーは言う。が、その一方で分かり切ってもいた――どう言ったところでこの少年が止まらないことは。彼はすでに魔法使いとしての自分の在り方を決めている。その覚悟がある相手に、死の危険など何の歯止めにもならない。

だからこそ、その上で自殺行為を止めさせる方法はないか。押し黙ったきり長いこと考えて、やがて彼はひとつの提案を口にする。

「……決闘リーグには興味がある様子だったな、君は」

「ん？」

「迷宮内でリヴァーモア先輩を問い詰めるのは自殺行為そのものだ。だが――同じことを表の校舎でやるなら、リスクはずいぶんましになる」

オリバーのその言葉に、ユーリィはピンときた顔で指を鳴らす。

「――なるほど。今回の決闘リーグに、リヴァーモア先輩が出てくる可能性を言ってるんだね」

「もちろん確証はない。が、今回のリーグは賞金・賞品が共に破格なだけに見込みはある。偶然の遭遇を期待して三層をうろつくよりは、そちらのほうがまだしも計画的に事を運べるだろう。そして何より……周りに人目があれば、身の安全が図りやすい」

無理に迷宮へ潜らずともチャンスはある。それを丁寧に説明されて、ユーリィがうんうんと頷く。

「お祭りの熱気に紛れて目的を果たしちゃうわけか。うん、いいアイディアだね。でも――それだったら、ちゃんとぼく自身もお祭りに参加するのが筋ってものかな。

ああ、でも困った、チームメイトに当てがない。どこかにふたり、ぼくと組んでくれる同学年の生徒がいないものかなぁ！　せっかくならとびきり頼りになる仲間が！」

声を大にして悩みながらちらちらと目を向けてくるユーリィの様子に、オリバーは盛大にため息をつく。——予感はしていたが、やはりこうなったか、と。

第二章

オープニング
開幕

決闘リーグはただでさえ盛り上がるイベントだ。しかも今回は統括選挙直前の開催の上、学校側から破格の賞金・賞品が上乗せされている。生徒たちが沸騰しない理由はどこにもない。

観客席となった教室には大型の投影水晶が設置され、校内各所に配置された監視ゴーレムの視界をリアルタイムで映し出す。校舎そのものを舞台にする大掛かりな予選を観戦するための備えだ。廊下に置かれた長机には立ち食いに向いた軽食が各種並び、生徒たちはそれらを飲み食いしながら、教室間を自由に行き来して過ごすのである。

「はァ⁉　何よあんた！」「やんのかこらァ！」

試合開始を待たず突発的なトラブルもあちこちで起こる。行き過ぎた乱闘にはイベントを取り仕切る生徒会のメンバーたちが待ったをかけるが、そこは魔境キンバリー、一線を越えない限りは基本黙認である。多少の怪我《けが》くらいなら自分たちで治してしまうので、校医の世話になるのはそれこそ死にかけた時だ。

「……ああ……これ……これ……これェ……」

三階の大教室には実況席が置かれている。そこに魔法剣の師範《マスター》ガーランドと並んで、ひとりの女生徒が陶然とした顔で座っていた。試合開始を今か今かと待ちわびる生徒たちの熱を帯び

たざわめき、出番を前にした参加者たちの張り詰めた沈黙――そうした激戦の予感に沸き立つ空気を肌で感じながら、

「……あー……静粛に。お喋《しゃべ》りも殺し合いも止めて、今だけは静粛に」

彼女がおもむろに口を開く。箒《ほうき》競技のロジャー＝フォースターと並び称される名物実況にして校内随一の決闘フリーク、グレンダ＝ソーンダーズの開会の辞が、突き抜けた熱量でもって校内に響き渡る。

「キンバリー生ども、決闘は好きですか？　……私は大好きです。三度の飯よりも、徹夜明けの二度寝よりも、ママが作る焼き立てのチェリーパイよりも――他の何よりも、魔法使い同士の戦いが大好きです。……ああ、自分でももちろんやります。昨日もやったし今朝もやったし、実は五分前にもやったばかり。けれど、残念なことに私の体は一個しかなくて、それじゃまるっきり追い付かないわけです。

だから、お願いします。お前らの体も使わせてください。壺《つぼ》一杯の塩に浸《つ》かった魚みたいに、明けても暮れても私を決闘漬けにしてください。代わりに私は語り明かします。決闘者たちの活躍を、奮闘を、謀略を、機転を、失敗を、見過ごしを、読み間違いを――その結果に生じる数多《あまた》の勝利と敗北を、余すところなく語り尽くします。舌が千切れたって構いやしません。どうせすぐに治せるし、私はきっと気付かずに喋《しゃべ》り続けるから。

……そう、つまり。今この瞬間をもって、今期の決闘リーグ開幕だァァァ！」

宣言に応じた生徒たちの大歓声が校舎を満たす。同時に予選のスタート地点、各教室の水晶が空中に投じる映像の中で、リーグ参加者たちが一斉に動き出した。グレンダとガーランドがすかさず解説を入れる。

「さぁさぁさぁ二年生たちがスタートだ！　校内に隠された『宝』目指して全員が突き進む！　十分後にスタートする三年生に対して、この前まで新入生だった彼らがどれほどリードを広げられるか！」

「そうだな。まず求められるのは、ヒントから手掛かりを正確に読み取る知識と分析力。決闘リーグと聞いて戦闘だけを意識していた生徒はここで苦労する。チームの中にひとりでも、この手の謎解きに向いた仲間がいるかだが――」


予選の競技は校舎全体を使った宝探し。スタートした二年生たちが真っ先に出くわしたのは、校舎一階の廊下に林立する円柱と、その表面に刻まれた数々の碑文だった。

それぞれの柱で文章は異なっており、内容は一様に謎めいている。ディーンが柱の一本にぐっと顔を近付けて文字を読んだ。「朝靄《あさもや》と共に湧き出で、腕の内に針を抱く。それらの最も多く集う場所」――碑文にはそうある。

「……おいこら！　なんか思い付くか、テレサ！」

「人に訊《き》く前に、少しは自分で考えたらどうですか」

「考えても分かんねぇから訊《き》いてんだよ！　なんだ朝靄《あさもや》とか針とかって！」

盛大に首をかしげるディーンの隣で、リタが碑文の文字を指でなぞる。それから小声で、他の生徒には聞こえないようにチームメイトふたりへ告げる。

「……これ、たぶんあれかな。ほら、魔法生物学の授業で習ったじゃない？　時だまし《クロックノック》の生態」

言われて目を丸くするディーン。碑文を間近に睨《にら》んで、彼も抑えた声で話す。

「……それだ！　なんだよ、授業の知識がベースになってんのか！」

「いくらキンバリーでも、こういうイベントで生徒に解けない課題は出さないよ。時だまし《クロックノック》は大きな時計ほどたくさん集まるから……校内でいちばん大きい時計って、たぶん東のあれだよね。行こう、テレサちゃん！」

声を上げて先行するリタ。その後に続きながら、テレサはチームメイトが彼女で良かったと素直に思う。教師の話など日頃からろくに聴いていないので、実は彼女にはディーン以上にヒントの内容がさっぱりだったのだ。

ヒントの解読に手間取る参加者たちの中で、テレサたちを含む数チームが柱の下を離れていく。それを目にしたガーランドが微笑《ほほえ》みを浮かべた。

「──何組かがさっそく正しい方向へ走ったな。良く学んでいる」

「そのようですね！　しかし、授業をきっちり聞いていれば先に進めるなんて、これはなんともキンバリーらしくない良心的な課題！　どうしちゃったんですかガーランド先生、実は来年からフェザーストンにでも移るんですか⁉」

「いきなり辛辣だな君は。……まぁ安心してくれ、これはあくまで決闘リーグの予選。ヒントを正しく読み取ったところで、力無くして先へ進めるようには出来ていない」


建物の中を抜ける最短経路を選んだことで、ヒントの解読から三分と経《た》たないうちに、テレサたち三人は最初の目的地に近付きつつあった。校舎の東に建つ時計台──その長針と短針が今はまったく見当外れの時間を指しているのを見つけて、ディーンが声を上げる。

「──おっ、あれじゃねぇか？　ヒントの──」

「ディーンくん、だめ！」

そのローブの背中を、リタがとっさに掴《つか》んで引き留める。意表を突かれてのけ反ったディーンの眼前に、ひとつの巨体が翼をはためかせて降り立った。全長にして二十フィート余りの、猛禽《もうきん》の頭と翼に獅子《しし》の体を併せ持つ魔獣が。

「KYOOOOOOOOOOOOOOO！」

「ウギャ――――ッ!!!!!?」

相手の鳴き声と張り合うかのように絶叫するディーン。そんな彼の横を素通りして、テレサは目の前の脅威に集中する。

「……グリフォン」

ディーンを庇《かば》ってリタが前に立ち、彼女と並んでテレサも杖剣《じょうけん》を構える。そんな三人の姿を、遥《はる》か高い位置から魔鳥の両眼がじろりと睨《にら》んだ。

「――ここで第一の障害が立ちはだかった！　いやしかし、二年生にグリフォンはちょっと厳しくないですかガーランド先生！　私でも成体とタイマンは嫌なんですけど！」

「何も倒せとは言わない。課題に用いる個体には不殺の呪いがかけてあるし、あれはあくまで『障害』だ。どんな手段でも突破できれば良し。ここで判断力と対応力が試される」

映像から視線を逸《そ》らさぬままガーランドが言う。時に村ひとつを軽く滅ぼすこともある魔獣相手に、未熟な二年生たちがどう対処するか――その奮戦を楽しみに待ちながら。

「——ディーンくん、気をしっかり！　目を逸《そ》らすと危ないよ！」

「お——おっ、おおう！」

リタの声で我に返ったディーンが慌てて杖剣《じょうけん》を構える。テレサも含めて、三人がまず取った行動は距離を置いての敵の観察。時計台の前に立ち塞がるグリフォンへテレサが一歩ずつにじり寄り、その距離が二十ヤードに差し掛かった辺りで威嚇の鳴き声が上がった。それ以上近付けば攻撃するという意思表示であり、その役割が門番であることは明白だ。

「……戦っても勝てない、よね。どうしよう、これ」

困り果ててリタが呟《つぶや》く。闇雲に突っ込んでも返り討ちに遭うだけだが、このまま睨《にら》めっこを続けていてはじきに後続の生徒に追い付かれる。彼女らが予選を突破するためには、何としてもグリフォンの守りを潜《くぐ》り抜《ぬ》けて時計台に辿《たど》り着《つ》かなければならない。

「……気を引きます」

「え？」「お、おい」

ふたりの間を抜けてテレサが一歩進み出る。次の瞬間、彼女が軽く振った杖剣《じょうけん》が自らの太《ふと》腿《もも》を浅く切り裂いた。ぱたぱたと地面へ滴《したた》り落《お》ちる血潮に、チームメイトふたりがぎょっとする。

「おい⁉」「テ、テレサちゃん！」

「——フッ——」

そのままグリフォンの間合いへ踏み込むテレサ。傷の痛みが影響してか、普段の俊敏さは見る影もない。ふらふらと不安定な足運びが、そのまま血の軌跡となって地面に描かれる。

「……KYOO……?」

そんな彼女の動きを数秒見つめたところで、ふいにグリフォンが前のめりになってテレサへ前脚を伸ばした。その攻撃を紙一重で横っ飛びに躱《かわ》しながらテレサが呟《つぶや》く。

「……釣れた」

「――ほう。いい動きだ」

実況席のガーランドが感心を込めて呟《つぶや》く。合わせて隣のグレンダも声を上げた。

「おおっとMs《ミズ》・カルステ、やおら自らを傷付けて血を流した！　だが、そこからの彼女の動きにグリフォンが釘付《くぎづ》けにされている模様！　先生、これは一体⁉」

「肉食獣の本能に訴えかける動きだ。流血と合わせてグリフォンの興味を引いている。……さしずめ手負いの小動物といったところか」

答えるガーランド。尋ねたグレンダにももちろん仕掛けは分かっているが、観客にそれを伝えるのも実況席の仕事だ。その辺りは心得た上で、魔法剣の教師が説明を続ける。

「……そうだな。分かりやすく言えば、猫じゃらし。猫を飼ったことがあれば分かると思うが、あれの動かし方にも上手《うま》い下手はあるだろう？　Ms《ミズ》．カルステのそれは極上だ。グリフォンが思わず手を伸ばさずにいられないくらいには」

血を流しながら動き回るテレサの姿は弱々しく、すぐにも捕らえられてしまいそうだ。が、その印象とは裏腹に、彼女は何度でも紙一重で爪をすり抜けていく。その繰り返しに夢中になった時点で、すでにグリフォンはテレサの術中にある。体を張って囮《おとり》を務める二年生の姿を、観客席の上級生たちが感心をもって見つめた。

「KYOOOOO！」

けたたましい鳴き声を上げて前脚の鉤爪《かぎ》を叩《たた》きつけるグリフォン。いかにも危なっかしい動きで、しかし実際には危なげなくそれを回避しながら、テレサはぽつりと呟《つぶや》く。

「……面倒ですね」

本来の彼女の実力、隠密《おんみつ》としての手腕をもってすれば、グリフォン一頭をあしらう程度のことは難しくも何ともない。だが今は全校生徒に一挙一動を注目されている状況であり、二年生の水準から大きく逸脱した動きは使えない。その葛藤の結果が、この猫じゃらしじみた陽動なのだった。

「……ッ！」

そんな事情は露知らず、しかし率先して体を張ったテレサの行動を前に、ディーンがこぶしでガツンと自分の鼻《はな》っ面《つら》を殴りつける。同時に噴き出す鼻血。「自分の血を見る」ことがスイッチになって、彼の思考が急激に冷えていく。

「……リタ、行くぞ。今なら通れる」

「ディーンくん、でも――」

「グリフォンが反応したらおれが注意を引く。ヒントがパッと記憶できる内容か分かんねぇし、おまえが確認したほうがいいだろ。――し、心配すんな。おれぁ経験者だからよ」

震える手で杖剣《じょうけん》を握り締めてディーンが強がる。かつて巻き込まれた事件でグリフォンにトラウマを持つ彼が、恐怖を押し殺して踏《ふ》み止《とど》まり続ける姿。それでリタも覚悟が決まった。

視線を前に戻して、リタが距離を目測する。目的の場所までは三十ヤード弱。ヒントが前回同様の碑文だと仮定すれば、確認には五秒から十秒。二十秒あれば戻って来られる距離。

「……行こう！」

「おお！」

同時に地を蹴って走り出すふたり。テレサがグリフォンの注意を引いてくれているおかげで行きは素通りだった。グリフォンに警戒するディーンの隣で柱に飛び付くようにして顔を近付け、リタはその表面に刻まれた文章を速やかに確認する。

「……黄昏《たそがれ》の虹……八本の筆……よし、覚えた！」

目的を果たして身をひるがえすリタだが、同じ頃合いでグリフォンが自らの任務を思い出す。テレサの陽動を振り切って突っ込んでくる魔鳥の姿に、リタとディーンが並んで身構えた。

「ッ……！」「上等だ、テメェ！」

背中を向けて逃げるだけではやられる——そう判断したふたりが続けざまに炸裂《さくれつ》呪文を放った。一発は避けられたが、その動作の直後を狙った二発目が目の付近で爆発。眩い閃光《せんこう》がグリフォンの視界を一時的に奪う。

「よし、今だ！」

すぐさま走り出すディーン。その後ろにリタが続くが、視界を広く取っていた彼女だけが気付いた。自分たちが側面を走り抜けようとしているグリフォンの、その尻尾が天高く振りかぶられ、今まさに先行する少年へ向かって振り下ろされようとしているのを。

「ディーンくん、上ッ！」

「お⁉」

一拍遅れてディーンもそれに気付くが、すでに防御にも回避にもタイミングが遅い。リタがカバーしようにも互いの距離が離れすぎていて、もはや呪文を唱えている暇すらない。

「……ッ！」

容赦なく振り下ろされる尻尾を前に、一瞬で決断したリタが左腕を伸ばす。そのローブの袖からしゅるりと何かが伸びてディーンの腰に絡《から》みついた。ぐいと引かれる少年の体——同時に彼が立っていた場所を、グリフォンの尻尾が風を切って通り過ぎる。傾いたディーンの背中をリタが手で押して支え、そうして体勢を立て直させた仲間の手を引いて走り抜けた。

「……お、おお……？」

「もう大丈夫！　行くよ、テレサちゃんも！」

呼ばれたテレサがグリフォンの間合いから逃れて無言で後に続く。そうして辛くも無事に第二のヒントを得て、二年生チームの三人は次の目的地へと走り始めた。


「——おや？　いまMs.《ミズ》・アップルトンの袖から、何か鞭《むち》のようなものが伸びましたね？」

「何かしらの道具を使ったのだろう。使い魔やゴーレムの類でなければ、予選のルール上問題はない」

実況の疑問を軽く流すガーランド。そのぼかした言い方に多少の違和感を覚えるグレンダだが、そこに指摘が入る前に、男は話題を他へ移す。

「何にせよ、彼女らが第一関門突破の一番乗りだ。なかなか良《い》いチームじゃないか。危なっかしいところも多いが、それぞれの強みを活《い》かして、きちんと互いをフォローし合っている」

「確かに、今のグリフォン戦は良《い》い立ち回りでした！　では、彼女らがこのままリードを守って逃げ切るということも⁉」

「それはどうかな。もうじき課題開始から十分経《た》つ。——三年生たちの追い上げが始まるぞ」

出発の合図と同時に駆け出す三年生たち。その先頭に、まずアンドリューズたち三人が飛び出した。

「やっと出番やな。もー待ちくたびれたわ」

「安心しろ。ここからは休む暇など与えん」

「目標はトップ通過、最低でも上位三チーム内だ。でなければこの面子《めんつ》を揃《そろ》えた意味がない」

軽快に走るロッシとオルブライトの間で、リーダーのアンドリューズが自らハードルを定める。予選だからと適当に流す気は毛頭ない。彼にとって、これはキンバリーで初めて挑む本気の戦いなのだから。

難度に調整はあるが、用意されたヒントの解読から「宝」を目指すという段取りは二年生と変わらない。碑文が刻まれた柱の前に辿《たど》り着《つ》き、縦巻き髪《ロールヘア》の少女がふむと鼻を鳴らした。

「こういうタイプの課題も出ますのね。スー、分かりますか？」

「当ったり前よ！　私がちゃちゃっと解いてあげる！」

シェラと入れ替わって碑文に向き合うステイシー。もちろんシェラが解けないような課題ではないが、今回は彼女に主導権を持たせると決めている。張り切って解読に挑むその姿を、傍《かたわ》らに控える従者のフェイともども、縦巻き髪《ロールヘア》の少女は微笑《ほほえ》ましく見守るのだった。

十分のハンデに加えて経由するヒントの数が二年生よりも増やされ、内容の解読難度も軒並み上げられていたが、それでも一年の差は大きい。テレサたちの通過からそう間を置かずして、カティたちのチームもまた校舎東の時計台に辿《たど》り着《つ》いていた。

「……門番にグリフォンか。さすがに成体は迫力が違うな」

「あ、この子なら大丈夫。わたしが遊んでるから、ふたりでヒント見てきて」

「おう。ゆっくり世間話でもしててくれ」

カティの提案に頷《うなず》いて碑文の確認に向かうガイたち。その分担に迷いはなく、気さくに歩み寄ってくる巻き毛の少女に、むしろ魔獣のほうが困った様子で二の足を踏む。それも当然のこと。キンバリーが哨戒《しょうかい》に使役しているグリフォンなら、彼女はとっくに全ての個体と交流済みなのだから。

「──あははは！ 見て見てふたりとも、背中に乗せてもらっちゃった！」

「おお、楽しげにござるな！」

一方で、別のヒントを辿《たど》って行き着いた校舎西側の広場。ここでは風を切って駆け回る一角馬《ユニコーン》の背中にしがみ付いたユーリィの笑い声が響き、ナナオもそれを後ろから追い回してはしゃいでいた。グリフォンと同じく門番であるはずの魔獣で遊ぶふたりの姿を横目に、ひとり黙々とヒントを確認していたオリバーがため息をつく。

「迷惑そうだから程々にしてやれ……。よし、ヒントは解けた。先へ進むぞ」

そんな三年生チームの猛烈な追い上げは知らぬまま、テレサたちは順調に三つ目のヒントを通過したところだった。次の目的地を目指して廊下を走りつつ、ディーンが声を上げる。

「──おい、いいペースじゃねぇか⁉ この分だともうすぐお宝だろ！」

「うん！ 他のチームは来てないし、ひょっとしたら一番乗りで──」

頷いて楽観しかけたリタだが、そこでふと背後から複数の足音が響き──そちらに目を向けかけた時にはもう、見慣れた長身の先輩が真横にいた。呆然《ぼうぜん》とする彼女の顔を隣から覗《のぞ》き込んで、ガイが口を開く。

「──おっ、リタじゃねぇか。早ぇなおまえら」

「グリーンウッド先輩⁉」

「ここにいるってことは同じヒントを辿《たど》ってたんだ！　二年生であの課題をクリアしちゃうなんて、三人ともすごい！」

「ア、アールト先輩……！」

ディーンも目を丸くして声を上げる。その間にも彼らとカティたちとの距離はみるみる開き、三つの背中があっという間に遠ざかる。

「ごめん、先に行かせてもらうね！　本戦で会ったら手加減しないからね！」

「無理はするなよ、勝つよりも生き残れ。それがキンバリー《ここ》では第一だ」

ピートの忠告を最後に彼らの姿が曲がり角を折れる。余りにも呆気《あっけ》ない逆転に、先輩たちが消えた方向へ走り続けたまま、二年生たちはしばらく声も上げられなかった。


校舎中の監視ゴーレムが一斉に甲高い音を上げる。映像の中で足を止める生徒たちに向けて、実況のグレンダが戦いの終わりを告げる。

「――それまで！　課題を突破したチームによって本戦参加枠が全て埋まったため、これにて下級生リーグ予選終了！　予選を突破した十六チーム、まずはおめでとう！　特に二年生の二チームは良く頑張ったぞー！」

「ふむ……思ったより差が付いたな。ハンデは十五分でも良かったか」

結果を鑑《かんが》みてガーランドがぶつぶつと呟《つぶや》く。グレンダが予選通過した各チームをそれぞれ紹介し、三日後に控えた本戦へ向けて、観客たちの期待をさらに煽《あお》っていく――。


「こっからが本番だろうけど――ま、とりあえず」

「みんな、予選突破おめでとう！」

予選終了の直後、談話室に集まった面々が発泡リンゴ水《サイダー》のジョッキを打ち合わせる。それでひとまず喉を潤すと、カティは盛大に安堵《あんど》のため息を吐いた。

「あー、それにしても良かったぁ、予選が直接戦うタイプの課題じゃなくて！　ああいうのならどんと来いだよ！」

「まー確かに。普通に戦ったら十六チームに残れてるか怪しいよな、おれたち」

「知識も洞察力も実力のうちだ。戦いにかまけて勉強をおろそかにしているほうが悪い」

「謎かけ物《もの》の怪《け》駆け比べ。まこと波乱万丈で楽しくござった！」

ガイ、ピート、ナナオが賑《にぎ》やかに感想を言い合う。それを微笑《ほほえ》ましく眺めながら、シェラがふと話の向きを変える。

「二年生も頑張っていましたわね。特に予選通過した二チームの一方――三人とも見覚えのある顔ぶれでしたが」

「ディーン君にリタちゃんにテレサちゃんだね！　すごいんだよあの三人、もう少しで先を越されちゃうところだったんだから！」

「リタは強ぇぞ、真面目で筋がいい上に根性があっからな。おれもうかうかしてらんねぇ」

ガイと一緒に可愛《かわい》がっている後輩たちをここぞとばかりに褒めながら、その一方で、カティがちらりと視線を他所にやる。彼女らの盛り上がりから離れた談話室の片隅で、シェラのチームメイトであるステイシーとフェイが静かに体を休めていた。カティがむーと唸《うな》る。

「……あのふたりも、こっちのテーブルに来ればいいのに」

「あたくしからも誘いはしたのですが……。まだ恥ずかしいようですわ」

「ま、構わねぇさ。一応はライバルだしな。この後すぐ戦うかもしれねぇんだから、慣れ合わねぇのはひとつの手だろ」

ふいに真顔になってガイが言う。それを聞いたカティがう、と肩を縮めた。

「……意識しちゃった。そうだよね。わたしもこの先、オリバーやシェラと戦うかもしれないんだよね」

「十六チームでの総当たり戦なら必ずそうなりますわね。けれど、それではいくら何でも試合数が多くなりすぎます。個人戦とは一戦にかかる時間や手間もまるで違いますし、それらを踏まえると、本来のリーグ戦になるのは決勝からではないかと予想しますが……」

「ま、どうなるにせよ、そこは当たるもんだと考えたほうがいいわな。なぁオリバー、相談に乗ってくれよ。どうやったらおまえらに勝てるかねぇ」

「本人に訊《き》かないでくれ……。なんにしても、君たちが真剣な以上、手心は加えないと約束する」

「手ぇ抜いてくれてもいいんだぜ？　そんで五千万ベルクの分け前だけどよ」

「こら、ガイ！　ずるいこと言わないの！」

茶化したガイの頰をカティがつまんで引っ張る。そんな彼らの騒ぎようを部屋の入り口から見つけて、オリバーのチームの三人目であるユーリィが走り寄ってきた。

「やーごめん、誘ってもらったのに遅れちゃって！　ぼくの座る場所はあるかな？」

「他から椅子を持ってきてもいいが――シェラ、君はそろそろだろう」

部屋の反対側のテーブルへ意識を向けつつ、オリバーが縦巻き髪《ロールヘア》の少女へ離席のタイミングを促す。それに頷《うなず》いたシェラがすっと椅子を立った。

「ですわね。あたくしの椅子にお掛けなさい、Mr《ミスター》．レイク。……では、あたくしはスーたちのテーブルに戻りますわ。きちんと断っては来ましたが、そろそろ拗《す》ねてくる頃だと思いますので」

「おう、行ってこい」「今度は一緒にお茶しようって伝えてね！」

仲間たちに温かく見送られて、シェラは憂いなく今のチームメイトが待つテーブルへと去っ

ていく。友情に厚い彼女が板挟みにならないよう、こういう時には他の五人から背中を押すと決めているのだった。遠くでステイシーと会話し始めたシェラの様子を横目に眺めつつ、彼らは空いた席へとユーリィを招き入れる。

「お疲れさん。どうだったよユーリィ、ウチのふたりと組んでの予選は」

「ああいう謎解きは大好きだからね！　予選だけと言わず、もっと続けたかったくらいだよ！　本戦も楽しい試合になるといいなぁ！」

椅子に腰かけたユーリィが上機嫌に語る。本戦への期待に胸を高鳴らせる彼とは対照的に、オリバーは顎に手を当てて思案を始めた。

「……この場の三チームに、さっき話に出た二年生のチーム、そして順当に予選を通過してきたロッシたちのチーム。十六チーム中、この五チームに関しては基本的な情報がある。となると、優先的にチェックすべきは残りの十一チームだが――」

彼がそこまで言ったところで、談話室の壁の数か所がぱくりと口を開けて喋《しゃべ》り始めた。決闘リーグの運営を監督するガーランドからの通達だ。他の部屋や廊下でも同様で、その声が校舎全体に響き渡る。

「――本選出場チームに伝える。試合の組み合わせが決まった。第一試合はリーベルト隊、ミストラル隊、エイムズ隊、ホーン隊の四組で執り行う。試合の詳細は掲示板に張り出すので必ずチェックするように。繰り返す、第一試合の組み合わせは――」

ふたりのチームメイトと共に、オリバーは静かにその告知を受け止める。身内同士が当たらないことに小さな安堵《あんど》はあったが、その代わりとばかりに三つの未知が立ち塞がっていた。

「言った傍《そば》から、だな。……いずれも情報の少ないチームだ。何が飛び出すか分からない試合になるぞ、これは――」

「――はい、これが下級生リーグの予選通過組。全員の略歴と合わせてまとめておいたよ」

全員の前に資料の束が置かれた。予選の終了から三十分と経《た》たないうちに十六チーム四十八人分の情報が列挙されたそれに、本部室の生徒会メンバーたちは黙々と目を通していく。ほどなく統括の側近の片割れ、レセディ＝イングウェが口を開いた。

「……悪くはないな。予選で多少の紛《まぎ》れはあったにせよ、有力な生徒を擁するチームは順当に勝ち上がって来ている。これなら予想も立てやすい」

「まぁそうだな。Ms《ミズ》.ヒビヤのチーム、Ms《ミズ》.マクファーレンのチーム、Mr《ミスター》.アンドリューズのチーム……ぱっと見の印象だと、優勝候補はこの辺になんのか？」

資料とにらめっこしながら、今は可憐《かれん》な少女の姿のティム＝リントンが呟《つぶや》いた。その予想に頷《うなず》きつつ、他のメンバーたちが周辺情報の確認を始める。

「その三チームの中で、現生徒会の支持を取り付けられていない生徒は……」

「アンドリューズのチーム全員。それに転校生のMr《ミスター》．レイクだ」

「アンドリューズとオルブライトはガチガチの保守名家の嫡男だろ。今の情勢だと、こちらに付かせるのは難しいんじゃゃねぇか」

「その三チームはひとまず置いといて、他のチームはどうなんだ？　本戦は乱戦だ、強いチームが順当に勝ち残るとは限らない」

「明確に現生徒会支持だと言えるのが五チーム、逆に前生徒会側は四チーム。残り四チームは不明……ってことはつまり、ふたつやみっつは敵側だと考えたほうがいい。レオンシオたちに限って、そういう工作に抜かりはないはずだ」

限られた時間の中で打つ手を模索する生徒会メンバーたち。その様子を前に、ゴッドフレイがどこか複雑な面持ちで腕を組む。

「……全てのチームが堂々と戦うだけなら、我々の仕事は何もないのだがな」

過去の試合の映像がグレンダの解説付きで流れる中、お祝いも手短に切り上げて解散し、そこからは三日後の本戦開始へ向けて各々《おのおの》のチームが最終調整に入った。オリバー、ナナオと共に手頃な教室で体を動かして過ごしながら、ユーリィがちらちらと廊下に目を向ける。

「――まだ校舎に来てないかなぁ、リヴァーモア先輩」

「あり得ないとは言わないが、本命は上級生リーグの開始日だろう。……そう目を光らせなくてもいい。あの人が姿を現せば、どうせすぐ噂《うわさ》になる」

杖剣《じょうけん》を右手にラノフ流の型をなぞりながらオリバーが答えた。彼がこのメンバーでチームを組んだのにはユーリィの自殺行為を抑止する意味合いもあるので、リヴァーモアには現れてもらうのが望ましいと言える。だが――いざ対峙《たいじ》する瞬間を想像すると、背筋の凍えは禁じ得ない。それを振り切るように、少年は杖剣《じょうけん》を鋭く振った。

「……その件はさておき、今は本戦のことだ。ナナオや俺は去年、一昨年と校内で目立つことが多かった分、戦い方もある程度まで周知されている。つまりは対策を練られているということ。どんな条件で戦うにせよ簡単にはいかないぞ」

「わくわくするねぇ！」「今から胸が躍ってござる！」

お祭りの前のようにはしゃぐふたり。目を細めてその様子を眺めながら、オリバーは今日までに彼らと重ねてきた準備を思い返す。

「――まず、実力が知りたい」

迷宮一層の小部屋でチームを組んだ三人で落ち合った時、オリバーは開口一番にそう求めた。が、言葉を向けられた本人はと言えば、にこにこと笑ったまま何も言わない。それ以前に、自分が言われたのだと気付いていない。

「――ん？　実力って、誰の？」

「とぼけるなレイク、君のことだ。味方の戦力が分からないことには作戦も立てられない。俺たちとチームを組む以上、今日は徹底的に得手不得手を教えてもらうぞ」

そう念を押して、オリバーが相手にずいと顔を近付ける。ユーリィが両手を上げてそれを宥《なだ》める。

「もちろん何でも答えるけど――でも、どうだろうなぁ。迷宮で一緒に行動している間に、ぼくに出来ることはひと通り見せたと思うよ？」

「もちろんその範囲での分析はしてある。魔法出力は軒並み高く、とっさの判断力と対応力に優れる反面、剣術・体術には呆《あき》れるほど決まった型がない。だが、意識的に定石を無視しているロッシのようなタイプともまた違う。どういう鍛え方をすればそうなるのか分からないが……あえて喩《たと》えるなら、君は『野生の魔法使い』と言った印象だ」

「あははは！　なるほど、それは言い得て妙だね！」

「拙者も同感にござるな。ユーリィ殿からは深い森の匂いがしてござる。出自が何処《どこ》かは存じ上げぬが、幼い時分から野山に親しんで育って来られたのでござろう」

ナナオが自分なりの印象を口にする。それを聞いたユーリィが静かに微笑《ほほえ》んだ。

「……両親が田舎の『町付き』でのんびりした暮らしだったからか、ぼくは知識や技術を詰め込まれた覚えがほとんどない。その意味ではナナオちゃんの言うように、駆け回った野山そのものが師と言えるのかもしれない。

毎日が楽しかったけど、言われてみれば同じくらい危なくもあった。あそこには色んな魔法生物が棲《す》んでいたから、日に数度は命の危険に出くわしていたように思う。でも——不思議と、怖いと思ったことは一度もないんだ。何でだろうね？」

首をかしげて語るユーリィ。その内容から、オリバーは相手が過ごしてきた年月の本質を分析する。それはさながら、知らない言語で書かれた書物を読み解くように。

「……書物や口頭による知識の伝授を最小限にして、環境そのものを師とする鍛錬か。前例は聞かないでもないが……どちらかと言えば東方《エイジア》寄りの思想だな」

「山駆けの鍛錬なら拙者も覚えがあり申す。心の芯を鍛えるには打ってつけでござったな」

腕を組んで共感を示すナナオ。目的をもって鍛えたというよりも、身を置いた環境そのものが心身の在り方を自然と錬磨した——相手の来歴がそういうものであることはオリバーも漠然と察している。が、チームメイトとしては、いま少し具体的に把握しておきたい。

「これまでにも何度か尋ねたが、改めて聞かせてくれ。……二層で襲撃してきた敵との撃ち合いになった時、藪《やぶ》に潜んで姿を見せない敵の動きについて、君は『訊《き》けば教えてもらえる』と言った。あれは誰に——いや、何に対して『訊《き》いて』いたんだ？」

「うーん、それもちょっと説明し辛《づら》いなぁ。どう伝えたらいいんだろ」

目を閉じて考え込むユーリィ。しばらくの間を置いて、彼は近くの中空を指さす。

「……例えばさ、そこに木が生えているとする。その木の陰に誰かいるとするじゃない？　ぼくたちからはもちろん見えない。でも、その木は自分の陰に誰が隠れてるか知ってると思うんだよ。そういう時にぼくは尋ねるんだ、今そこに誰かいますかって。するとぼんやり教えてもらえる――ような気がする」

「それは……植物と意思疎通しているということか？　あるいはそこに宿る精霊の類と？」

「うーん、どうなんだろ？　どっちもピンと来ないなぁ」

答えかねた少年が両手で頭を抱える。無理に言葉をひねり出させるのは良くないと判断して、オリバーは質問の向きを変えた。

「では、人工物に囲まれた場所ではどうだ？　それでも同じように『答え』が返るのか？」

「モノによる、かな。あっさり答えてくれることもあるし、逆にむっつり黙られることもある。でも――魔法使いの手が直接入ったモノには、『訊《き》いて』も無視されることが多いんだよね。あれはどうしてなんだろ？」

新たな疑問に首をひねるユーリィ。自分自身について悩み始める彼を、オリバーが片手を上げて制止する。相手を混乱させては元も子もない。

「考えるのはそこまででいい。仮説はいくつか思い付くが、どれも今の時点での検証は難しいな。……ひとまずじゅうぶんだ。質問攻めにしてすまなかった、レイク」

「？　どうして謝るんだい？　目の前に謎があれば調べたくなって当たり前じゃないか。むしろ嬉《うれ》しいよ、ぼくが君の『謎』になれて！」

いつもの笑顔に戻ったユーリィがオリバーの肩を叩《たた》いた。オリバーは苦笑して再び口を開く。

「話を次に移そう。……魔法剣や呪文学の授業では、そう何度も同じ相手とばかりは立ち会えないからな。結局のところ——君の力を知るには、これがいちばん手っ取り早い」

そう言って杖剣《じょうけん》を抜いてみせるオリバー。彼の意図を察したユーリィが笑ってうなずく。

「なるほど、試合だね！　オリバーくんと？　それともナナオちゃんと？」

「両方と六本ずつでいこう。ルールは呪文あり剣ありの総合戦で——」

——そこから始めて、彼らは積み重ねてきた、三人の魔法使いをひとつのチームへと仕上げるための修練を。それが全てにおいて万全であったとは言えないにしろ、期間内に出来ることはやったという自負がオリバーにもある。不本意の状態で迎える今日では断じてない。なのだから、

「……君たちが正しいな。これは」

試合への期待と昂揚《こうよう》に満ちたチームメイトふたりの姿に、オリバーはふっと微笑《ほほえ》んで頷《うなず》く。見込んだ仲間とチームを組み、出来る限りの準備を整えて挑む本番なら、それは楽しんで然《しか》る

べきだ。どれほど多くの目論見《もくろみ》が背後で渦巻こうと、これはあくまで力試しのイベント。命懸けの殺し合いではないのだから。

試合に臨む心境を整えつつあるオリバーへ、ナナオが胸を張って向き直る。

「うむ、昂《たかぶ》らぬわけもなし。今日に至るまで、他の組も我らと同じように準備を重ねているのでござろう？　どのような策が、技が、魔法が待ち構えるものか。その全てに、我らはどう応じるか――これればかりは、いくら考えても飽き申さぬ」

敵の強大さがそのまま喜びの大きさに繋《つな》がる。生粋の武人と呼ぶに相応《ふさわ》しいナナオ＝ヒビヤの在り方を前に、光に灼《や》かれるような気持ちでオリバーは思う。彼女と同じにはなれずとも――せめて、その隣に立つに恥じない自分でありたいと。

そう、備えてきたのは彼女らばかりではない。来たる本戦での必勝を狙って、決闘リーグの出場者たちはあらゆる手を尽くす。それはむしろ、事前の下馬評において「不利」と目されている側にとって、より切実であるとすら言える。

迷宮一層「静かの迷い路」の一角。鉱石ランプの灯《あか》りが頼りなく照らす仄暗《ほのぐら》い空間の中に、冷たい石造りの壁に背をもたれて、ひとりの男子生徒が無言で立っていた。ネクタイの色は三年生のそれで、やや高めの鼻と、一部を紫に染めた髪が特徴的な少年である。

「……おー。来たかァ」

正面からぱたぱたと翼の音が聞こえたところで、少年は地面に落としていた視線を上げる。二匹のコウモリが暗闇の中から飛び出し、それらを追って複数の人影が音もなく現れた。右に三人、左に三人。使い魔のコウモリたちを両手の人差し指に留めながら、少年は薄く笑って口を開く。

「わりィな、呼び付けちまって。そう警戒すんな——つっても無理な話か。敵同士だもんなァ」

「分かっているなら話が早い。用件を言え、ミストラル」

少年から向かって右側に立つ三人、その先頭に立つ男子生徒が被《かぶ》っていたフードを払って低い声を上げた。こちらは大柄で、一見して上級生と見紛《みまが》うほどの落ち着きだが、ネクタイの色が示す学年はやはり三年生。彼にじっと睨《にら》まれて、ミストラルと呼ばれた少年が肩をすくめる。

「せっかちだねェMr.《ミスター》リーベルト。用件ったって、とっくに察しは付いてんだろそっちでも。——もう見たよなァ？　本戦の組み合わせ」

そう言うと、ミストラルはどかりとあぐらをかいてその場に座り込む。そうして目の前の六人を視線で斬りつけるように見渡し、

「ぶっちゃけて聞くぜ。勝ち目、あると思うかァ？　俺たちに」

一転して、突き刺すような問いを投げた。ミストラルの正面左側に立つ三人のひとりがフー

ドを払い、顔を出した少女がぼそぼそと声を漏らす。と言っても、その目元は今なお長い前髪で隠れたままだ。

「……流れ次第では……ないことも、ございませんかと……」

「ほォ。同感だぜェ、Ms《ミズ》．エイムズ」

エイムズと呼んだ小柄な少女に向き直り、皮肉げに唇を尖《とが》らせてミストラルが応じる。

「ついでに、その『流れ』ってヤツの中身も当ててやろうか。まず、お前らはMs《ミズ》．ヒビヤのチームが他のチームとの連戦で消耗するのを待つ。そんで奴《やつ》らが疲れたところでタイミング良く割って入って漁夫の利を掻《か》っ攫《さら》う。細けぇところを別にすりゃ、大方こんな感じだろ？」

その指摘にしんと沈黙が下りる。吐き捨てるような口調になってミストラルが言葉を続けた。

「分かるぜェ。どうしてってな、俺たちゃ全員そう考えてんだよ。……するとどうなる？　誰もあいつらとマトモに戦う気がねェ。試合じゃ互いに貧乏くじの擦《なす》り付《つ》け合い、最高にみっともねぇかくれんぼが待ってるわけだ。ハハッ、楽しみで泣けてくらァ」

「……何が言いたい？　ミストラル」

婉曲《えんきょく》な皮肉には付き合わず、リーベルトが淡々と話の核心を問う。が、続く瞬間――そんな彼らの背後から声が響いた。

「どう足掻《あが》いてもみっともねェなら――」

「――全力でみっともねぇほうが上等だってことよ」

ミストラル以外の六人が瞬時に反応した。振り向くと同時に左右へ散って杖剣《じょうけん》を構えたのが五人、迷わず踏み込んで抜き打ちの一閃《いっせん》を放ったのがひとり。その刃が相手の首を刎《は》ねる寸前でぴたりと止まる。

「おッ、おォ？　いい反応だなァ、Ms《ミズ》．エイムズ」

「怖ェ怖ェ、猫被《かぶ》ってやがったな。授業でそんな動き見せたことねェだろお前」

首筋にエイムズの杖剣《じょうけん》を当てられた影が楽しげに言い、その隣でリーベルトらの杖剣《じょうけん》を向けられた影が同じ声で笑う。六人の目が同じ驚愕《きょうがく》に見開いた。そこに、今まで話していた相手とまったく同じ顔がふたつ並んでいたから。

「そう尖《とが》ンなよ。驚かせたのは悪ィけど、約束は破ってねェぜ。俺はひとりでここに来た」

壁際《かべぎわ》に座り込んだミストラルがくつくつと笑う。目の前の光景と矛盾するその言葉を念頭に置いて、リーベルトが三人のミストラルを慎重に見比べる。

「……変化……いや、これは」

「分身、のようでございますね。それも極めて精度の高い。……自信は、ございませんけど」

エイムズがぼそりと分析を口にする。彼女らの理解を見て取って、立っているほうのミストラルたちが順繰りに声を上げる。

「言い出しっぺが俺だからなァ。先に手札を見せるのが筋ってもんだ」

「ちょっとしたもんだろ、こいつは。一応は家《ウチ》の秘伝だぜ？」

杖剣《じょうけん》を構え続けるエイムズらに向けて、同じ顔のミストラルたちが同じ声で語りかける。転寝《うたたね》の中で見る悪夢じみた光景にリーベルトが眉根を寄せるが、問題の本質はその不気味さではない。何より驚くべきは、これだけ近くでじっくりと観察して——今なお彼らには、本物のミストラルがどれか分からないこと。周囲の暗さも手伝っているにせよ、それはすでに尋常なことではない。

「切り札のひとつやふたつくらい、当然そっちにもあんだろ。全部とは言わねェが、お前らもここで教えとけ」

「連携の仕様がねぇからなァ。互いに何が出来るか分からねェと」

ミストラルのその言葉を聞いたところで、エイムズが相手の首筋に当てていた杖剣《じょうけん》を引いた。仲間の方向へ数歩下がりつつ、彼女はぼそりと問う。

「……最初から三チームで組んで、Ms《ミズ》.ヒビヤのチームを徹底的に狙い打ちする。あなたの提案は——要するに、そういうことでございましょうか」

「出る杭《くい》から打たれんのは乱戦の基本だァ。Ms《ミズ》.ヒビヤのチームが一強な以上、ほっといても試合は似たような流れにならァな。さっき言ったみっともねぇかくれんぼの後でよ」

「だったら、そこまでに費やす時間が惜しいだろ。お前らと不毛な足の引っ張り合いなんざしたかねェ。そんな隙を見せながら勝てる相手じゃねぇんだ、あいつらは」

立っているほうのミストラルふたりが代わる代わるに語る。その後を追って、壁際《かべぎわ》に座っていたミストラルが口を開いた。

「まず約束しろ。Ms《ミズ》・ヒビヤのチームが脱落するまで、俺たちは互いのチームを狙わねェ。

――断る理由はねェはずだ。お前らが本気で勝ちたいならな」

打って変わって厳しい口調でミストラルは言い、その内容に六人は長く黙り込んだ。思案の間を経て、リーベルトが静かに口を開く。

「試合外での同盟、というわけか。……仮にその通りにするなら、戦いは開幕から三対一だ。誰の目にも露骨な展開になる。師範《マスター》ガーランドに見咎《みとが》められはしないか？」

「手抜きや八百長《やおちょう》なら師範は咎《とが》めるだろうぜ。だがよく考えろ、俺の提案はそうじゃねェ」

「有力なチームが狙い打ちされるのは乱戦の常。俺たちはそれを徹底して計画的にやるだけ」

「打てる手を尽くして全力で戦う――あの人はそれを咎《とが》めはしねェさ」

確信の宿る口調で三人のミストラルが言う。無言の逡巡《しゅんじゅん》を経て、そこにエイムズが問いを投げた。

「……確認でございますが。Ms《ミズ》・ヒビヤのチームを蹴落とした瞬間からは、元通りに敵同士。そう考えて宜しくございますか」

「物分かりが良くて助かるぜ、Ms《ミズ》・エイムズ」

「その通り。お前らとやり合うのはそこからだァ」

「もちろん一向に構わねェぜ。今度は俺のチームを狙い打ちしてくれてもよォ」

不敵に言ってのけたミストラルたちがくつくつと笑う。リーベルトがフンと鼻を鳴らした。

「確かに、そこから先のことは何ひとつ約束できない。だが……そこまでの利害が一致する、というのは確かだ」

そう言うと、構えていた杖剣《じょうけん》を腰の鞘《さや》に納める。続けてリーベルトは同じチームのふたりに目配せし、短い頷《うなず》きだけで意思疎通を交わすと、

「俺は古式《クラシカル》のゴーレム使いだ。フィールドの地形・地質によって出来ることが大きく変わる。働きは場合分けして考えてもらうぞ」

承諾の言葉に代えて、端的に自分の特技を明かす。その視線が隣のエイムズを向くと、彼女もまた頷《うなず》いて口を開いた。

「……ラノフとリゼットの歩法はひと通り修めております、ので。ある程度以上に込み入った地形なら……相手が誰であれ、一撃離脱での攪乱《かくらん》要因を務められる……かと存じます」

「斬り込んで脱出できるということか？　Ms《ミズ》．ヒビヤとMr《ミスター》．ホーン相手に」

「自信は、ございませんが。……代わりに、これといって苦手もございませんので。策の隙間を埋める役割であれば、何かと便利に使っていただけるかと」

思いがけず大胆なエイムズの発言に、それを聞いたリーベルトが目を丸くする。ともあれ三チームの同盟は成立し、三人のミストラルが同時ににぃと口元をつり上げた。

「いい顔に」「なったじゃねぇか」「上等だァ」

そうして彼らは話し始めた。強大な獲物を、三つのチームで追い込むための作戦を。

第三章

§

バトルロイヤル
四つ巴

ひとつの戦いが決着に至るまでどのような流れを辿《たど》るか。その推移には膨大なパターンが存在し、誰であれ全てを想定しきれるものではない。それが複数チームの乱戦ともなれば尚更《なおさら》で、序盤の小さな偶然が終盤で勝敗の決定打となることさえ有り得る。

「あ、待ってナナオちゃん。そこは竜のブレスが効いてるよ」「むむむ」

そして、決闘リーグ予選から三日後の今。そんな試合を間近に控えた校舎一階の待機所で、どのような不安を抱いた様子もなく、オリバーのチームメイトふたりは盤上の遊びに没頭していた。

「…………」

無論、ここで思い悩んでも仕方がないとオリバーも知っている。大まかな予想と対策を頭に叩《たた》き込んだのなら、あとは実際の試合運びに合わせて柔軟に対応していくのみである。その意味で、戦いの直前にリラックスしているのは正しい。少なくとも緊張で硬くなっているよりはずっといい。いいのだが、

「む、ゴーレムが横一列に並び申した。これで合体できるのでござったか？」

「お、やるねぇナナオちゃん。ちょっとルールをチェックするよ。えーと、土のゴーレムの合

体後は耐久と攻撃力が……」

「……八倍だ。そのバージョンでは」

分厚いルールブックのチェックを始めたふたりに、さすがに見かねたオリバーが声を挟む。形も大小も様々な駒が所狭しと並ぶ盤上を見つめて、彼はげんなりした顔で言葉を続けた。

「試合直前に、よくそんな混沌《こんとん》としたゲームが楽しめるな……」

「波乱万丈で面白いよ。オリバーくんはやらないの？　魔法チェス・ダイナミック」

「……バージョン15《クーリッシュ》から始めて28《インビジブル》までは付いていったが、そこで懲りた。数か月に一度はルールが更新されるし、そのたびに前の定石がひっくり返るのはひどすぎる。普通人のチェスのほうが洗練されていて俺好みだ」

言いつつ、これはまったく父の言い分と同じだな、とオリバーは内心で苦笑する。自然とかつての記憶まで脳裏に蘇《よみがえ》ってくる。無敵のチャンピオンとして君臨する母と、そんな彼女に連敗して「ノル、まともなチェスをやろう」と涙目の父。ふたりのどちらと盤を挟んで向き合うか、彼にはいつも悩ましかった。

「試合開始五分前だ。準備しろ、お前ら」

束《つか》の間《ま》の回想が上級生の声によって中断する。ナナオとユーリィも駒を動かす手を止めた。

「お、出番だね」「承知致した」

立ち上がったふたりと並ぶオリバー。そこに天井から声が降り注ぐ。

「――試合前に改めて、本戦のルールを説明する」

午前十時を回ったところで実況席のガーランドが口火を切った。その声は監視ゴーレムが伝達してくる映像の向こう、これから試合に参加する十二人の選手たちに向けたものだ。

「競技は四チームによる乱戦だ。ひとつの戦場に四つのチームが同時に入って試合開始。呪文あり剣ありの総合戦で、敵チームの選手を倒した人数をポイントとし、試合の最後まで生き残ったチームには二ポイントを加算。それらの合計値がもっとも高いチームの勝利とする。

また、事前に申告することを条件に、魔獣やゴーレムの使役も許可する。使用したいが準備がない、という場合には運営から汎用個体の貸し出しも行う。遠慮なく申し出るように」

貸し出しは主に二年生チームへの救済措置である。三年生であれば偵察・伝令用の使い魔くらい常備していて当たり前だが、二年生の全員に同じ水準を求めるのは少々厳しい。もっとも、この第一試合は四チーム全てが三年生のみで構成されているので、その懸念《けねん》は無用ではある。

「これは下級生リーグなので、不殺の呪《まじな》いはもちろん全掛けだ。呪文の殺傷力も重傷に至らないよう契約で制限してあり、さらに落石などの不慮の事故を防ぐためにフィールド全体が不殺の呪《まじな》いで加工済み。よって肉体の損傷とは別に、参加者に戦闘中の『負傷』と『戦闘不能《リタイア》』をもたらす仕組みが必要になる。選手たちの両手首と両足首、そして首に装着してもらった輪《リング》がそうだ」

「これですよ!」

ガーランドの隣で実況のグレンダがやおら立ち上がり、自ら見本となって両手足と首に装着した輪《リング》を映像に映し出す。ガーランドが説明を続けた。

「その輪《リング》は強い熱や冷気、衝撃といった『肉体への攻撃的な干渉』を感知し、それらの合計値が一定のラインを越えたところで呪《まじな》いを発動――装着した部分の周辺を段階的に麻痺《まひ》させる。例えば左手の輪《リング》の周辺に呪文が掠《かす》れば左腕全体の感覚が薄くなり、直撃なら完全に麻痺《まひ》する、といった具合だ。頭部や胴体のダメージには首の輪《リング》が一括で発動し、この場合は麻痺《まひ》ではなく気絶――即《すなわ》ち戦闘不能《リタイア》となる。首の輪《リング》だけを残して両手両足を全てやられた場合も同様だ」

一旦言葉を切ったガーランドがグレンダに視線を向ける。その意図を酌《く》んだ彼女が杖剣《じょうけん》を抜き、利《き》き手《て》の右手に構えた。映像が大きくそこを映し出す。

「注意すべき点としては、利《き》き腕《うで》をやられても脱落ではないということだ。普段の決闘とは違い、これはチーム戦。呪文も剣も使えずとも、体が動く限りはチームの勝利のために働く余地が残る。それを心得て、選手たちには粘り強く戦ってもらいたい」

原則として、魔法使いは利《き》き手《て》でしか杖《つえ》を扱えない。それを踏まえて通常の決闘では「利《き》き手《て》を斬られる=呪文も剣も操れなくなる=負け」としているのだが、集団戦ではその限りではない。囮役《おとり》、壁役、使い魔の使役に専念――出来ることは多く残される。

「戦場は試合ごとに複数の地形からランダムで選ばれる。制限時間は一時間。ルールの範囲内ではどのような戦い方をしようと自由だが、潜伏もしくは逃走したまま長く戦わずにいる者は戦意なしと判断されて輪《リング》の呪いが発動・戦闘不能となる。注意するように」

戦って生き残れ。そのシンプルなテーマを示した上で、ガーランドはさらに情報を補足する。

「禁止事項としては——まず、選手の死亡・後遺症に繋《つな》がるような危険行為全般。呪術もこれに含む。それらに該当せずとも、無意味もしくは過度に相手を痛めつけるような真似《まね》は当然禁じる。こうした行動が目に付いた選手には警告か罰則、及び、著しく悪質な場合は即失格とする。なお、フィールドには審判役の上級生が待機している。試合中は常に私と彼らの目が光っていることを忘れるな」

「野暮な真似《まね》はすんなってことですね、よーするに！」

実況のグレンダが端的に翻訳する。無言でうなずくガーランドから、彼女は隣に座るふたりの人物へと視線を向けた。

「ガーランド先生に加えて、第一試合の解説には次期学生統括候補のおふたりをお呼びしています！　Ms《ミズ》・ミリガン、Mr《ミスター》・ウォーレイ、試合前に一言ずつ頂けますか！」

「次期統括候補のヴェラ＝ミリガン。今回は特等席を用意してもらえて光栄だよ。相席相手とはちょっと気が合わないけどね」

「次期統括候補のパーシヴァル＝ウォーレイ。何やら隣が喧《やかま》しいが、キンバリーの次代を担《にな》う身として、この程度の苦行は耐えてみせよう」

ふたりの候補が早くも牽制《けんせい》の言葉をぶつけ合う。それを聞いて「うひゃあ剣呑《けんのん》」と笑いつつ、グレンダがそこで机の上の時計に目をやった。

「おっと、早くも試合開始二分前！　戦場へ選手たちが入場します！」

「おし、時間だ。行ってこい」

運営の上級生が三人に出発を促す。同時に部屋の奥の壁に掛けてあった布が剝がされ、そこに峻険《しゅんけん》な岩場を描いた一幅の絵画が現れた。オリバーたちはすぐに理解する――それが今回の戦場への「入り口」なのだと。

それぞれやる気じゅうぶんの面持ちで隣に立つナナオとユーリィへ、オリバーが最初の指示を出す。

「フードを被《かぶ》れ。――準備はいいな、ふたりとも」

「もちろん」「待ちかねてござる」

フードを目深《まぶか》に被《かぶ》りながら力強く応じるふたり。彼らの中で緊張よりも期待が上回っているのは明らかで、そうなるともはや激励の言葉など不要だった。誰からともなく歩き出し、その勢いのまま三人は絵の中へ身を投じる。

暗闇の中を落ちていくこと数秒、ほどなく開けた空間に体が放り出された。三人は音を立てずに着地し、まず素早く周辺の状況をチェックする。

「……やはり、絵の通りか」

淡いオレンジ色の光を帯びた岩々からなる険しい地形がそこに広がっていた。生命の気配は希薄だが、裏腹に地面は魔法使いなら目を瞑《つぶ》っていても分かるほどの「力」に満ちている。詳しい偵察を待たずして、オリバーは自分たちが置かれた場所の特性を察した。

「——第一試合の舞台は閃紋岩《ベルダイト》の鉱床地帯！　迷宮の魔法技術を応用し、実在の地形を局所的に再現する形で構築された戦場です！　これをどう見ますか、チーム戦の経験も豊富なゲストのおふたり！」

実況のグレンダがゲストふたりにさっそく話を回す。蛇眼の魔女が薄く笑った。

「鉱床を引いたかい。初見だと面食《めんく》らうフィールドのひとつだね。まず地形の特性を見抜けるかどうか、次にそれを戦略に組み込んで使いこなせるかどうか。可愛《かわい》い後輩たちのお手並み拝見といこうか——」

まずは実際に見せるのが早い。そう考えて、オリバーは足元の地面に軽く魔力を込めてみせた。そこから一本の石柱がぐんぐんと生え伸び、それは瞬《またた》く間に腰の高さまで成長する。

「おお」「へぇ！」

ナナオとユーリィが興味深げに同じ光景を眺めた。ラノフ流の地の型において基本となる足場の加工だが、通常の条件下なら、呪文もなしにここまで大きな現象を起こすことは難しい。つまり、ここの地面は普通ではないということだ。

「――見ての通りだ。ここの地盤は大量の閃紋岩《ベルダイト》――豊富に魔力を蓄えた魔石で形成されていて、地面に影響を及ぼすタイプの魔法は軒並み効果が上がる。例えば遮蔽呪文《クリペウス》などがそうだな。一方で、対抗属性の魔法は地面に吸われて威力が落ちることになる。注意してくれ」

説明を添えながら、これはなかなか癖のある戦場だとオリバーは思う。地の型を柔軟に活用するスタイルの彼自身にはもちろん影響が大きいし、ただでさえ情報不足が否《いな》めない敵チームの動向もさらに予測しづらくなった。戦いが始まる前に、まずこのフィールドに馴染《なじ》んでおく必要がある。

「少ない魔力で大きな現象を起こせる一方で、それを意識していないと、自分の魔法の威力に面食《めんく》らうことになりかねない。もちろん逆のパターンもある。注意してくれ」

最低限の注意点のみを伝えると、オリバーはあえてそれ以上の言葉を重ねなかった。理詰めであれこれ説明するより、目の前のふたりには単純に肌で感じさせたほうがいいと思ったからだ。なので、彼は別の点の確認に移る。

「そっちはどうだ？　レイク」

「んー……あんまり良くないね。『声』がすごく小さい。というか、ほとんど聞こえないや」

手近な岩に手を当てていたユーリィが肩をすくめる。今なお謎の多い彼の特技、自然物に問いかける「例の感覚」はここでは使えないようだ。自然環境ではなく、決闘リーグの運営が用意した人工環境だからだろうか——そう推測しつつ、オリバーはうなずいて右手の杖剣《じょうけん》を振る。

「なら正攻法で行くまでだ。——目覚めよ《サタスサルスム》」

彼がそう唱えた瞬間、ローブの中から三つの影が飛び出して空中の三方向へと向かった。小鳥に擬した形状の小型ゴーレムである。放たれたそれらは高速でフィールドの上空を飛び回り、以後、その視覚情報は使役者であるオリバーに共有される。

「……ッ……」

脳裏に浮かぶ複数の視界に軽い「酔い」を覚えるが、それにも数秒で慣れる。目を瞑《つぶ》って地形の観測に集中しながら、オリバーは再び口を開く。

「……偵察用の小型ゴーレムを飛ばした。まずはこれで地形の全容と、可能であれば他三チームとのおおまかな位置関係を把握する」

「周りの様子を探りながら、しばらくはかくれんぼかな？」

「もちろん襲われれば対処するが、まったく情報なしに動き回るような相手はいないだろう。……この戦いはチーム間の位置関係が極めて重要だ。複数のチームに挟まれれば一気に不利になる」

言いつつ、少年は杖剣《じょうけん》をナナオとユーリィの間に向けて突き出す。意図を察したふたりがそれぞれの杖剣《じょうけん》をそこに重ねた。同時にオリバーが頭の中で整理した「地図」がふたりに伝達される。相互の素養と訓練は要るが、魔法使いにはこうした意思疎通も可能だ。

「意念《イメージ》を送るぞ。……見えるな？　方角は便宜的に設定したものだが、ここはフィールド全体の南東側。今のところ周辺二百メートル以内に敵はいない。地形は周縁部から中央にかけて標高が高くなっていて、真ん中にひときわ高い峰《ピーク》がある。隠密を維持しつつ、まずは全速力でここを目指すぞ」

「ふんふん、分かった」「陣を敷くならば高台。戦の基本にござるな」

うなずき合い、最初の目標を設定した三人が速やかに動き出す。ユーリィが岩陰からちらりと上空を見上げると――そこにはすでに、運営側の配置した監視ゴーレムに加えて、他チームが放ったものと思《おぼ》しき小型ゴーレムが数体飛び交っていた。

必然、オリバーたちと時を同じくして、他のチームも続々と行動を始めていた。

「鉱床か。——どうやら、我々が当たりを引いたな」

リーベルト隊のリーダーを務める三年生、ユルゲン＝リーベルトが拾った小石を眺めて呟《つぶや》く。その両脇でふたりの生徒が頷《うなず》いた。鷹《たか》のように鋭い目つきの女生徒がカミラ＝アスムス、明るいくせっ毛の男子生徒がトマス＝チャットウィン。彼らがリーベルトのチームメイトである。

「始めんの、さっそく」「派手にやれそうかよ、大将」

「ああ。……良質の閃紋岩《ベルダイト》だ。ここなら理想的な形で建てられる」

答えたリーベルトが杖剣《じょうけん》を抜いて足元に向け、まず呪文で広範囲の地面を平らに均《なら》す。続けてそこに、杖剣《じょうけん》の先端から放つ光で何かを描き始めた。その作業を続けたまま、彼は脇のふたりへ言い放つ。

「図面はA—3だ。頭に叩《たた》き込んであるな？」

「りょーかい」「さすがに忘れねぇよ。あんだけ練習させられりゃ」

すぐさま応じて同じ作業を始めるふたり。一帯の地面をキャンバスにして、文字と図形が入り交じる精緻で複雑な魔法陣が描かれていく——。

「——南東のホーン隊、北西のエイムズ隊、南西のミストラル隊がそれぞれ移動を開始！　フィールド中央の高台を目指して一直線だ！　出発地点から目的地までの距離はほぼ同一！　さあ、どのチームが一番乗りになるのか！」

フィールド各所に配置された監視ゴーレムの視界を通して、観客席からは各チームの動向が確認できる。同じ一点を目指して動き出した三つのチームをそれぞれ眺めつつ、ミリガンが顎に手を当てた。

「ふーむ……やっぱりホーン隊が頭ひとつ抜けて速いかな。オリバー君とナナオちゃんは当然としても、Mr《ミスター》・レイクの動きも彼らに負けていないのが驚きだ。去年転校してきたばかりだから情報も少ないし、実力が未知数だね、彼は」

「ふん、足が速ければいいというものでもない。この条件下でフィールド唯一の高台を取るのなら他チームからの狙い打ちを覚悟する必要がある。駆けっこの先を考えているのか？」

政敵であるミリガンのオリバー隊贔屓《びいき》を察して、対立候補のウォーレイは彼女に反対意見をぶつけていく。ゲストふたりが角突き合う様子を横目に微笑《ほほえ》みつつ、実況のグレンダはさらに場を盛り上げていく。

「三チームの競争から一旦視線を移して、気になるのは北東のリーベルト隊！　彼らだけは開始地点からほとんど動いておりません！」

「高台の取り合いに参加しないのは一手だ。……が、ここまで動かないのは意図が読めない。地面に何か描いているところを見ると、まさかあの場所に陣を構える気か？」

腑《ふ》に落ちないという顔でウォーレイが腕を組む。試合に影響を与えないよう監視ゴーレムは選手から距離を取っているので、彼らが地面に何を描いているかまではさすがに見て取れない。

これには隣のミリガンも首を傾《かし》げた。

「守りに徹して他チームの潰し合いを期待するにしても、あれでは戦線から遠すぎる。戦意なしと見なされて失格すら有り得るけど——はてさて、どうする気なんだろうね」


そうして試合開始から八分が経過した頃。険しい地形をいち早く駆け抜けて、オリバーたちはフィールド中央の峰《ピーク》へと辿《たど》り着いていた。

「あっさり取れちゃったね、頂上」

「油断するな。待ち伏せはないようだが、もう敵も近くにいる可能性が高い。——仕切りて《クリペ》阻め《ウス》」

呪文で地形を整備しつつ、オリバーが肉眼で周囲を見渡す。偵察ゴーレムによる哨戒《しょうかい》も並行して続けているが、そちらは撃墜されないために高度と機動を維持する必要があり、またゴーレム自体の「眼《め》」の性能も魔法使いには及ばない。よって自分自身を高所に置くことで得られる情報の精度は大きく上がり、それで周辺への警戒が容易になれば、ゴーレムにはより広い範囲を詳細に探らせることが出来る。

「まず敵チームの位置を把握。それが済んだらすぐに駆け下りて近い相手を襲撃する。俺たちの狙いはあくまでも速攻での各個撃破だ。この場所にはこだわるな」

索敵のために地形を活用する一方で、オリバーにはこの場所を砦《とりで》にするつもりはない。いくら高所の有利があっても包囲されるのは避けたいからだ。とはいえ敵に立てこもられても厄介なので、索敵の片手間に三人で地面へ呪物を埋めて魔法トラップを配置していく。実際に発動するのは全体の三分の一程度で他はフェイクだが、「トラップがある」と思わせるだけで敵に二の足を踏ませられる。鉱床によって地面に関わる魔法が強力になるのも好都合だ。

「……？　北東に一チームいるが、こちらには来ていない。地面に何か描いているようだが、意図が読めないな。当座の脅威ではなさそうだが……」

怪訝《けげん》に思いつつも、見つけた敵チームの上空にゴーレムを一体張り付かせておく。それから各々《おのおの》別の方角を見張っているユーリィとナナオに目を向けた。

「うーん、なかなか見つからないね」

「拙者も同様。皆隠れるのが上手《うま》くござるな」

ふたりの報告に、オリバーは「問題ない」と頷《うなず》いてみせた。――テレサのような隠形の専門家でもなければ、この状況下で「隠れながら動き続ける」ことはすでに難しい。よって敵が見つからないということは「極端に遅く動いている」か「止まっている」ということであり、岩陰に潜んでこちらの隙を窺《うかが》っている段階と推測できる。それを踏まえて地形と照らし合わせれば、見えずとも位置は絞れるのだ。

そろそろ炙《あぶ》り出《だ》すための一手を打つか。オリバーがそう考えたところで、ふいに足元から震動が伝わってきた。三人の視線の先で、剝がれた石の欠片《かけら》が斜面をごろごろと転がっていく。

「む、揺れてござる」「地震?」

訝《いぶか》しむナナオとユーリィ。が、その原因を探る必要はなかった。オリバーがゴーレムに見張らせていたフィールド北東の一角で、地面が凄《すさ》まじい勢いで隆起し始めたからだ。

「――!?」

「――竣工《しゅんこう》だ」

術式の展開を終えたリーベルトが低く呟き、額に浮かんだ汗を手の甲で拭う。チームメイトのふたり共々、その体が位置する場所は、先ほどまでと大きく変わっていた。

急激に変形・隆起した地面が一本の塔となって彼らを押し上げ、今やその高さは元々の峰《ピーク》を越えてフィールド全体を見下ろせるまでになっている。しかもそれはただの岩山ではない。内部に空間を、側面に多くの窓を持ち、適度に均《なら》された麓の地面には防壁まで備えている。峻《しゅん》険《けん》な岩場に忽然《こつぜん》と出現した、それは文字通りの「要塞」だった。

「お疲れ」「良かったぜ。途中でうっかり潰されなくて」

長柄の白杖《はくじょう》を手にカミラとトマスが眼下の景色を見下ろす。彼らが配置に就くのと入れ替わりで、一仕事を終えたリーベルトがその場にどっかりと腰を下ろした。

「……少し休む。高さは足りているはずだ。狙えるな？」

「当たり前」「もう見えてるぜ。ひくーいお山の天辺《てっぺん》によ」

応じたふたりが狙いを定める。見据える先は、さっきまでフィールドの最大高所であった場所。そこに陣取った獲物たちへ杖《つえ》の切っ先を向けて、高らかに詠唱を響かせる。

「**火炎盛りて**《フランマ》」「**雷光疾りて**《トニトゥルス》！」

「――**仕切りて阻め**《クリペウス》！」

屹立した『塔』の頂《いただき》から撃ち放たれた炎熱と雷撃に対して、オリバーはすぐさま防壁を打ち立てた。魔法を受け止めた壁が軋《きし》みを上げ、その両脇から帯電した熱風が吹き付ける。短い間に激変した状況の把握に努めながら、オリバーは鋭く指示を飛ばす。

「北東から呪文狙撃だ！　反撃はするな、身を低くしろ！」

呪文で防壁を補修しつつ、ナナオとユーリィを促して一旦守勢に回る。撃ち返したいのは山々――しかし、北東の敵とは余りにも距離が開いている。これほど遠距離での呪文戦となると攻撃を届かせるだけでも一苦労だ。他チームへの警戒もある以上、現状は防戦に回らざるを得ない。

「——わ、すごい。新しく塔が生えてるよ、あっち」

「おお、まことに。思わぬ形で高所を取られ申したな」

塔の出現を見て取ったユーリィとナナオが驚きの声を上げる。今なおどこか能天気なふたりの様子に肩の力を抜かせられつつ、オリバーは目の前の状況を分析する。

「……ゴーレム築城だ、おそらく。あれほどのサイズを見るのは初めてだが」


「——なんとォ⁉　リーベルト隊、ここで大胆にも自ら築城！　新たに塔を作り上げることで最大高所を強引に塗り替えてのける力技、いえ、ここは匠の技と言うべきでしょうか！　そこから間髪入れずフィールド中央のホーン隊へ狙撃を仕掛けたァ！」

「ほう、ゴーレム築城か。やるなMr《ミスター》.リーベルト。古式ゴーレム術の高度な応用だ」

実況のグレンダの隣でガーランドが感心の声を上げる。解説がその後に続くかと思いきや、魔法剣の教師はそこで言葉を切ってゲストのふたりを眺めた。その意図を酌《く》んだミリガンとウォーレイが口を開く。

「僭越《せんえつ》ながら補足しようか。材料から設計まで吟味して厳密に組み上げる現代の主流ゴーレムに対して、術式の『核』のみを用意し、その場の材料で造り上げる方式を古式ゴーレム術と呼ぶよ。メリットとしては第一に、小さな核を持ち歩くだけで大きなゴーレムが運用できることだね」

「デメリットとしては、現地で得られる材料によってゴーレムのサイズや性能が左右されてしまう点が上げられる。ありふれた土からはありふれた土人形しか作れず、場所の地質によっては構築そのものが困難なこともある。が——もちろん逆のケースも有り得る。

今回はまさにそれだ。全体が豊富に魔力を蓄えた魔石鉱床になっているこのフィールドは、現地の材料でゴーレムを組み上げるために打ってつけの環境と言えるだろう。通常の条件なら下級生三人の魔力であれほど大きな建物を構築することは難しい。が、ここであれば術者の腕次第で可能となる。さすがに消耗は激しいようだがな」

ウォーレイの指摘の通り、チームリーダーのリーベルトは戦闘をチームメイトに預けて一時休息している様子だった。あれほどの大作を建てた直後では無理もないと思いつつ、ミリガンが再び口を開く。

「ゴーレムは大きくなればなるほど動かすために大量の魔力が必要になる。でも、だったら無闇に動かさなければいい、という考え方も昔からあってね。ゴーレムの本質は『容れ物《いれもの》』だから、別に手足がある必要はないというわけさ。そういう考えに基づいて行われるのがゴーレム築城——いわば魔法使いの一夜城だね」

蛇眼の魔女が説明をそう結ぶと、ガーランドが満足げに微笑《ほほえ》んでうなずく。

「いい解説だ、ふたりとも。あえて付け加えるなら——あれほど大きな建物を造るとなると、さすがに地面へ核を埋めて呪文を一声というだけでは足りない。周辺の地質を把握した上で、作成時に構造の偏りが生じないよう適切な魔法陣でサポートする必要がある。それ自体もかなりの難度だというのに、リーベルト隊は試合開始から十分足らずでスムーズにこなしてのけた。術者であるMr《ミスター》・リーベルトの技量はもちろんとして、チーム全体の周到な準備が窺えるな。何にせよ、ホーン隊が機動力によって得た地形上の有利はこれで覆った。彼らにとっては早々の難所だな。この状況、対応を誤れば一気に追い込まれることになる——」

時を同じくして。オリバーたちが陣取った岩山の麓でもまた、別のチームが新たな動きを見せていた。

「おっ始めたな、リーベルト隊。頼もしいぜ」

ロゼ＝ミストラル率いるミストラル隊の三人である。オリバーの予測通り、麓の岩陰に身を潜めて襲撃のタイミングを窺《うかが》っていた。そして、彼らが求めた好機は今、目の前にある。

「負けちゃいらんねェ、こっちも続くぞォ。——**我が身写し身**《エフィンゴ》　**爆ぜて欺け**《フラルブル》」

少年が目を瞑《つぶ》って詠唱を始める。その杖《つえ》先から生じた不定形の流体が徐々に形を成し、確かな輪郭を持ち——やがて、そこにふたり目のロゼ＝ミストラルが現れていた。

「仕切りて阻め《クリペウス》！　――降りるぞ！　最大高所でなくなった以上、もうここに留まる意味はない！」

北東から強力な呪文が叩《たた》きつける中、その方角の防壁を強化しながらオリバーが指示する。ユーリィが反対側へ足を向けた。

「うーん、狙撃を避けて動くなら西側だけど――」

そう言いつつ、斜面から顔を覗《のぞ》かせて様子を窺《うかが》う。が、すぐさま飛んできた電撃が間近の岩に当たって火花を散らし、彼は再び岩陰で身を低くする。

「――いるよね、やっぱり。上と下から挟み撃ちだ」

「北西と南西にそれぞれ三人ずつ姿が見えている。南西に突破するぞ」

索敵で得られた情報をもとにオリバーが次の行動を決定する。岩山を壁にして狙撃を防ぎつつ南西へ移動、斜面を駆け下りる勢いのまま敵チームを突破――あわよくば撃破する。最大高所が切り替わったのは予想外だが、速攻による各個撃破の戦術そのものは破綻していない。

新たな目標を定めて動き出す三人。が――そこでふいに、ユーリィがぴたりと足を止める。

「？　どうしたレイク。早く動かないと袋叩《ふくろだた》きに遭うぞ」

「……うん……でも、ちょっと……」

こめかみに指を当てて黙り込むユーリィ。その様子からオリバーも察した。

「例の感覚か？」

「……たぶん。微《かす》かだけど、なんか言われてる気がして。んん――……？」

首をかしげて考え込む少年。その言葉に警告めいたものを感じて、オリバーは改めて周囲を見渡す。――ここまでの索敵で敵チームの動向はおおよそ把握出来ているはず。今の位置関係なら南西に動く方針がもっとも手堅い。だが、その判断に何か見落としはないか？

思考の間も襲い掛かる呪文狙撃を、ナナオの呪文で補強した岩壁が遮る。それでもなお溢《あふ》れてくる熱風を肌に感じつつ、東方《エイジア》の少女がぽつりと声を上げる。

「感服してござるな。あれほどの遠間から、ここまで力強い魔法が放てようとは」

感心を率直に述べただけの、本人にとっては何気ない言葉。が、そこにオリバーは無視できない引っ掛かりを覚えた。

「……いや、おかしい」

「む？」

「不自然だ。東側には一チーム、西側には二チームいる。俺たちとの距離も西側の敵のほうがずっと近い。なのに、攻撃は東側のほうが明らかに激しい」

オリバーの中で違和感が膨れ上がる。――敵の視点に立って考えれば、今は三チームがかりで相手に集中砲火を浴びせられる貴重なタイミングだ。どのチームにも火力を惜しむ意味はないし、北東の『塔』のチームの射線を維持するためにも、こちらをなるべく岩山の東側へ誘導したいと考えるのが自然なはず。となればますます西側からは圧力をかける必要がある。だというのに、現実に西側から飛んでくる魔法の数は目に見えて少ない。

何か火力を出せない理由がある。そう推測した瞬間、オリバーは偵察ゴーレム一体の視線を自分たちがいる岩山の頂上付近へと向けさせる。はたして――呪文狙撃の衝撃と轟音《ごうおん》を隠《かく》れ蓑《みの》に、防壁に取り付く三つの影がそこに映った。

「――っ！　後ろだ、ナナオ！」

警告を受けた東方《エイジア》の少女が即座に振り向く。時を同じくして、防壁を乗り越えた影のひとつが一直線に彼女へと走った。刀を手に盤石の態勢で待ち構えるナナオ。が――彼女の眼前で、影の後を追ってきた二条の電撃がその襲撃と並走した。

「む――！」

仲間の斬り込みと見事にタイミングを一致させた援護射撃。同時に襲い掛かる三つの攻撃を前に、全ては防ぎきれないと判断したナナオは瞬時に取捨選択を行った。大きく左へ踏み込んで右からの電撃を回避し、胸への刺突を弾きながらの斬撃で敵を牽制。必然――受けると決めた残るひとつの電撃が、吸い込まれるようにナナオの左肘へ直撃する。

「潔《いさぎよ》い思い切り。お強うございますね、やはり」

「**雷光疾りて《トニトゥルス》！**」「**吹けよ疾風《インペトゥス》！**」

オリバーとユーリィがすぐさま呪文で反撃する。それらを巧みな足運びで躱《かわ》してのけ、単身乗り込んできた影は岩の上へひらりと駆け上った。そこから斜面へと飛び降りる瞬間、風で捲《まく》れたフードの内側に、長い前髪が特徴的な少女の顔が覗《のぞ》く。

「しかしながら、腕一本は頂戴しました。また後程――今度は御首を頂きに参ります」

「Ms《ミズ》.エイムズ……！」

言葉を残したエイムズの姿が岩山の東側へと消える。北東からの狙撃があるため、オリバーたちに軽々しくその後は追えない。代わりに偵察ゴーレムを追跡させた上で、少年はすぐさまナナオのもとへ走り寄る。先ほど電撃を受けた彼女の左腕はだらりと下がっていた。

「すまぬ、左腕を撃たれ申した。他が右肩と胸では選ぶ余地もなかった故」

「謝るな、俺の索敵ミスだ。……敵を全て捕捉したと思い込んで隙を突かれた。南に回り込んで三人襲ってきた――ということは、さっきまでに確認したうちの半数は偽物《にせもの》だ」

悔しさと感心が半々の心境でオリバーは言う。――今なら全ては腑《ふ》に落ちる。西からの攻撃が激しさに欠けていたのは、元々そちらに一チームしかいなかったからだ。偽物《フェイク》を用いた数の偽装で二チームいるように錯覚させられていた。そうして生じたこちらの意識の隙、狙撃による撹乱《かくらん》に紛れて、エイムズのチームが南側から接近し急襲。直後に東へ撤退することでこちらの追撃も振り切り、まんまと無傷での一撃離脱を成功してのけた。

オリバーが仕掛けに気付けなかった理由はいくつかある。第一に、偽物《フェイク》の精度が尋常ではない。分身や幻影の動きはどうしても本物と異なるものだが、彼が思い出す限り、ゴーレム越しの観測で見て取れる違和感はほとんどなかった。そう見えるよう巧みに操っているのか、あるいは高度な自律性を備えているのか——いずれにせよ大きな脅威には違いない。

第二に、北東からの強力な呪文狙撃。単体でも厄介だが、あれは同時にエイムズ隊の動きを隠す目眩《めくら》ましとしても機能していた。偽物《フェイク》に騙《だま》されて敵チーム全てを捕捉していると思い込んだ状態で、誰もいないはずの南側へ注意を向けようとは思わない。ユーリィの気付きがなければ、こちらの被害もナナオの腕一本では済まなかったかもしれない。

「何より厄介なのは、他の三チームが完全に連携していること。……これほど高度な連携を事前の打ち合わせなしに行えるはずがない。彼らは最初から、俺たちだけを狙って仕留めにきている——」

「——三対一かい。一強がいる戦いの常とはいえ、またずいぶん露骨だね」

一気に動き出した状況を前に、眉根を寄せてミリガンが言う。隣のウォーレイが嘲るように肩をすくめた。

「気に入らないか？　私は評価するがね。勝利のためにやれることは全てやる——キンバリー生として実に正しい姿だ。試合のルールにも何ひとつ抵触しないでしょう、師範《マスター》ガーランド」

そう言って後方へ目を向ける彼に、問われた魔法剣の教師は無言の微笑でもって返答に代えた。調子づいたウォーレイがここぞとばかりに政敵へ言葉を放つ。

「この事態を避けたければ、ホーン隊こそ事前に根回しをするべきだった。一チームでも味方に付けられれば話はまったく違っていたのだから。それを怠ったということは、彼らは自分たちの力に驕《おご》っていたということ。——違うかな？　ミリガン先輩」

挑発的な視線を向けられるが、魔女はあえて反論せず黙った。……勝ちへの執着とはまた別に、魔法使いには美意識も矜持《きょうじ》もあるのだが——それは自分ではなく、いま戦っている後輩たちが示すべきものだから。


「……エイムズ隊から連絡だ。奇襲に成功、Ms《ミズ》．ヒビヤの左腕を取ったと」

岩山の西側麓で戦うミストラル隊へ向けて、上空の偵察ゴーレムから送られてきた魔力波の信号。それを受け取ったチームメイトの報告に、リーダーのロゼ＝ミストラルがにやりと笑う。

「ってことは、これで例の諸手《もろて》斬り流しは使えねェな。ヒャハハッ、風が向いてきたぜェ」

「調子に乗ってるとこ悪いけど、次はこっちに来ると思うよ。分身にはもう気付かれてるんだし」

もうひとりのチームメイトが冷静に指摘する。ミストラルがごきりと首を鳴らした。

「上等だァ。ミストラルの手品《トリック》、まだ一割も見せちゃいねェ」

同じ頃。三チームから狙い撃ちを受ける状況の中で、ホーン隊は選択を迫られていた。

「……位置取りが上手《うま》いな。どこへ動こうと最低二方向から睨《にら》みを効かせてくる、か」

偵察ゴーレムの視界越しに敵の位置を確認してオリバーが呟《つぶや》く。――最大高所を塗り替えられた以上、このまま岩山の頂上に留まり続ける意味はない。問題はどこへどう降りるか。狙撃の射線が通っている東側はもちろん避けたいが、西側で二チームを同時に相手するのも上手《うま》くない。敵が組んでいると分かった以上、各個撃破の重要性はさらに増した。

それらを踏まえた上で行動を決定し、少年は仲間ふたりへ向き直る。

「少し、意表を突くとしよう。――あちらへ一気に跳ぶ。軽業はいけるな？　ふたりとも」

視線で北西を指してオリバーが言う。意図を酌《く》んだナナオとユーリィがこくりと頷《うなず》くと、三人は同じ方向を向いて横並びに立った。そうして杖剣《じょうけん》を構え、足元へ向けて同時に詠唱する。

「「「天に突き立て《クリベウス》！」」」

三人分の魔法がオリバーの制御によって束ねられる。そこに魔石鉱床の後押しが加わり、隆起した岩場が彼らの体を一気に押し上げた。その力を足裏で受け止めて跳躍し、三人は岩山の頂上から北西へ向かって空高く舞い上がる。

「うわぁ、気持ちいい！」「爽快にござるな！」

「楽しむのもいいが、着地に備えろ！　――勢い減じよ《エルレタダウス》！」

空の旅も束の間《つかのま》にぐんぐんと地面が迫り、彼らはギリギリで減速呪文によるブレーキをかけて着地する。あえて殺しきらなかった勢いのまま地を蹴って疾走しつつ、三人の先頭を行くオリバーが声を上げた。

「行くぞ！　このままミストラル隊を仕留める！」

「承知！」「エイムズ隊が追い付いてくる前に、だね！」

言葉を交わして頷《うなず》き合い、目標の敵チームへ向かってまっすぐ岩場を駆け抜ける。位置関係はオリバーたちにとって悪くなかった。三人が着地したのはミストラル隊の南側なので、敵が逃れようと思えば北へ向かわざるを得ない。が、北へ逃げれば否応《いやおう》なくフィールド南西のエイムズ隊との距離も開く。自分から孤立してくれるならオリバーたちの狙い通りだ。地形が入り組んでいるため北東のリーベルト隊からの射線もまず通らない。

「……いや、逃げないか」

オリバーがぽつりと呟《つぶや》く。――この局面で逃げる無意味は敵も重々承知と見えて、偵察ゴーレムの視界には足を止めて待ち構えるミストラル隊の様子が映っていた。さらに駆けること十数秒、それは肉眼の光景となってオリバーたちの前に立ち塞がる。

「……まさか飛んで来るたァ思わなかった。せっかちだなァ、Mr.《ミスター》ホーン」

「Mr.《ミスター》ミストラル――」

足を止めたオリバーたちの眼前。林立する石柱の間に、目深《まぶか》にフードを被《かぶ》った三つの人影が立つ。が、次の瞬間――彼らが一斉に下ろしたフードの内側から、まったく同じ男子生徒の顔が三つ現れた。さらに左右の石柱の陰からも新たに三人が加わり、なんとそこには計六人のロゼ＝ミストラルが立ち並ぶ。

「歓迎の準備は出来てるぜェ。――始めようや！」

同時に動き出す六つの影。片手で刀を構えるナナオの隣で、ユーリィが目をぱちくりする。

「わわわ、みんな同じ顔だ！　何これ六つ子？」

「分身と変化の併用だ！　惑わされるな、分身は魔法を使えない！」

仕掛けに見当を付けたオリバーが鋭く言い放つ。――敵が精度の高い偽物《フェイク》を操ることはすでに確認済み。よって六人のうち最低でも半数は分身、残る「本物」はミストラル本人と彼に化けたチームメイトふたりだと推測できる。

「おらおら行くぞォ！」「氷雪猛《フリグス》りて！」

分析の間にも呪文が飛んでくる。それを対抗属性で防ぎつつ、オリバーは魔法を使ったひとりを「本物」と見なして狙いを定めた。が――その相手はすかさず近くの石柱の陰に飛び込んで別の仲間と一度合流、直後に左右へ分かれてひとりずつ飛び出す。その行動を目にしたオリバーがぎゅっと目を細めた。

「……なるほど。頻繁にシャッフルすることで『本物』を特定させない作戦か」

「じゃあ、見つけたらすぐに仕留めないとね！」

ユーリィとナナオがまっすぐ敵中へ飛び込み、オリバーもその後を追ってフォローする。――無謀のようだが、ここは恐れず踏み込んでいくのが正しい。分身に力を割いている分だけ敵の火力は下がっているはず。臆さなければ力で押し切れる。

「**斬り断て**《グラディオ》！」

ナナオの放つ切断呪文が太い石柱を一息に斬り倒す。遮蔽物の陰で本物と分身がシャッフルされるなら、まずその遮蔽物を無くしてしまおうという判断だ。もちろん隙あらば石柱ごと敵を両断する狙いである。

彼女がそうして敵へプレッシャーをかける一方で、ユーリィはさらに攻め気を出していく。

「足音が不自然なのがいるね。それが偽物《にせもの》なら……本物は、君だ！」

観察で本物に目星を付けた瞬間、彼はその相手目掛けて一直線に走った。オリバーとナナオの呪文攻撃がそれを援護し、他の敵にフォローの隙を与えない。そうして瞬《また》く間にユーリィは敵のひとりへと肉薄し、

「――え？」

杖剣《じょうけん》で斬りかかった瞬間、なぜか半端《はんぱ》な体勢でぴたりと動きを止める。その眼前でミストラルの形をした敵がにやりと笑った。

「ケケケッ――外《はず》れ！」

笑い声を上げた敵の体が白く発光、直後に爆発して火花を撒き散らす。反射的に飛び退《すさ》って爆風から逃れるユーリィだが、同時に放たれた閃光《せんこう》までは避け切れず目を眩《くら》ませた。その一瞬を敵は見逃さない。無防備な彼を狙って横合いから呪文が襲い掛かり、

「**火炎盛りて《フランマ》**！」

オリバーの放った魔法が危うくそれを空中で相殺《そうさい》する。すぐさまナナオと共に移動してユーリィの両脇に立ち、続けざまに襲ってくる呪文を捌《さば》きながらオリバーが声を上げた。

「**雷光疾りて《トニトゥルス》**！　——無事か、レイク！」

「平気！　危なかったぁ！」

数秒で視力が回復したユーリィもまもなく戦闘に復帰する。彼に負傷がないことを確認しながら、今の出来事で新たに判明した敵の脅威へ、オリバーは分析の目を向ける。

「……分身に自爆魔法を仕込んであるのか。ずいぶん器用だな、Mr《ミスター》.ミストラル」

「お褒めに与《あずか》り光栄の極み」「おひねりを受け付けてるぜェ」

「さァさァ、本物はどれかなァ？」

石柱の合間から挑発的な声を上げる五人の敵をオリバーが睨《にら》む。——偽物《にせもの》が爆発すると分かったことで攻めづらさが増してしまった。もちろん相手の側も攻め手には欠くが、エイムズ隊が到着するまでの時間稼ぎが目的である以上、彼らにはそれでじゅうぶんなのだ。

だが、ここまでの攻防から仕掛けは見え始めている。それを踏まえて次の行動に移り始める

オリバーの隣で、さっきの出来事を思い返したユーリィが首をかしげる。

「うーん、おかしいなぁ。分身との区別は付いたと思ったのに」

「そう思い込ませるのが向こうの狙いだ。これはおそらく――」

続く瞬間。自分の言葉の終わりを待たずして、オリバーが出し抜けに真後ろを振り向いた。

「――**爆ぜて瞬け**《フラルゴ》**！**」

彼が振り向き様に放った呪文が空中を走る。と――次の瞬間、その着弾点にあった石柱から慌てて人影が飛び出した。これまで向き合っていたミストラルたちとは真逆の位置に忽然《こつぜん》と現れた七人目の敵。その姿を見据えてオリバーが叫ぶ。

「あれが本物だ！――ナナオ！」

東方《エイジア》の少女が即座にその意を酌《く》んで地を蹴る。オリバーたちを挟んだ反対の位置では仲間の援護も及ばず、自ら戦うしかないと悟った敵も杖剣《じょうけん》を構えた。まっすぐ踏み込んでいくナナオと敵の間でたちまち距離が詰まり、

「**雷光疾りて**《トニトゥルス》**！**」

「**夜闇包みて**《てねぶりす》**！**」

目も眩《くら》む電撃に対して漆黒に染まった空間が展開し、ふたつの魔法が正面から衝突して打ち消し合う。次の詠唱に移った敵がすかさず敵が地を蹴って後退し、

「かはッ――!?」

同時にその喉元が貫かれた。呪文を放ったその体勢のまま、魔法がぶつかり合う空間をまっすぐ抜けてきたナナオの刺突によって。


「――Ms《ミズ》．ヒビヤの一閃《いっせん》が喉を貫いたァ！　ここで最初のひとりが脱落です！」

「距離の取り方を誤ったな。諸手《もろて》斬り流しを封じたことで、今なら彼女にも呪文を当てられると思ったのだろうが」

そこで一度コメントを切ると、ガーランドはゲストのふたりへ軽く視線を向ける。その意図を酌《く》んだミリガンがすぐに喋《しゃべ》り始める。

「雷に対する闇、対抗属性での相殺《そうさい》が綺麗《きれい》に活《い》きた形だね。――一年生のために説明しておくと、対抗属性を使わなくても呪文の迎撃はできる。火炎呪文を火炎呪文で押し返すといった風に。ただ、そうすると互いの魔法が押し合ったまま空間に残るから、拮抗《きっこう》している間はどちらもその場所に踏み込めない。必然、距離を置いての撃ち合いが続く展開になりやすい。ホーン隊の狙いは速やかな各個撃破だろうから、もちろんナナオ君もそれを避けたかったはずだね」

技術の分かりやすい解説は、同時に後輩への指導力をアピールするものでもある。もちろんウォーレイも言わせっぱなしではいられず、ミリガンの言葉を遮って多少強引に声を上げる。

「それと比較して対抗属性を使った場合だと、魔法の威力は衝突地点で相殺《そうさい》されて減衰する。

よって互いの火力に大きな差がなければ、魔法を追って前へ踏み込むことが可能だ。相手の魔法属性を見切って反応する必要があるため距離が近いほど難易度は高いが、成功すれば詠唱直後の敵へ一気に間合いを詰めることも出来る。……今のケースで実行すべきかどうかは別にして、とっさの判断力と度胸は評価しよう。私なら順当に撃ち合いで競《せ》り勝《か》つが」

やや辛口にまとめたウォーレイの隣でミリガンが含み笑う。彼女には分かるのだ。口で何と言おうとも、この生真面目な政敵が今のナナオ＝ヒビヤの対応を評価していないわけがないと。

というのも――対抗属性による相殺《そうさい》からの刺突という選択は、いつもの彼女であれば採用する必要のないものだ。諸手《もろて》斬り流しで魔法を逸《そ》らした上で斬り込む、それがナナオ＝ヒビヤの本来のスタイルと言っていい。特筆すべきはむしろ、あの状況で普段使わない技術をとっさに成立させたこと。限られた状況下でしか出番のない技を、それでもしっかりと修練して体に覚え込ませてあったことにある。

そうした地道な研鑽《けんさん》の積み重ねを、パーシヴァル＝ウォーレイという魔法使いは決して軽んじない。それを知っているからこそ、ミリガンは後輩の活躍にここぞとばかりに胸を張る。

「ふふん。独自の技術に目が行きがちだけど、ナナオ君はああした魔法戦闘の基礎もしっかり身に付けているのだよ。あのオリバー君がそこをおろそかにさせるわけがないのさ」

「まだ分からないぞ。落ちたのはMr.《ミスター》ミストラルではない」

眉根を寄せてウォーレイが言う。彼が見つめる映像の中で、状況は大きく動きつつあった。

ナナオがミストラル隊のひとりを仕留めたその瞬間、オリバーたちを挟んで反対側にいた敵の中からも、ふたつの影が同時に消え去っていた。

「分身が一気に減ったか。……詐術《トリック》の全容が見えてきたな」

そう言いながらオリバーが一歩踏み出すと、ミストラル隊もすぐさま踵《きびす》を返《かえ》して走り出した。が、そちらに他の敵チームがいないことは確認済みだ。少年は迷わず追撃に移る。

「追うぞ！」

「うん！　でも、走りながら説明してもらっていい？　頭こんがらかっちゃって」

隣を走りながらユーリィが尋ねてくる。後ろから追ってくるナナオの姿を横目で確認しつつ、オリバーはその質問に答え始めた。

「分身は二種類いたんだ。自爆機能をもつ精巧な実体分身と、比較的見抜きやすい影分身。前者はおそらくミストラルが操り、後者は今倒した生徒が陰から操っていた」

要点をかいつまんで説明する。つまり最初の時点では、ミストラル本人＋ミストラルに変化した生徒ひとり＋岩場に隠れた生徒ひとり＋実体分身ふたつ＋影分身ふたつ、この計七体がいたことになる。影分身と実体分身を比較させることで、「より本物らしい」後者を本物と思い込ませる——人の心理を突いた、それが第一の罠《わな》だった。

「ふんふん、なるほど。じゃあ、ぼくが本物だと思ったのは実体分身のほうだったんだね。でも、離れた場所にひとり隠れてるのはどうして分かったの？」

「ある種の定石だからだ。目立つものや行動で相手の意識を逸《そ》らして、その間に本命の仕掛けを走らせる――魔法コメディなどでもしばしば用いられる手法、いわゆるミスディレクションだ。だから俺はあらかじめ偵察ゴーレムを一体頭上で旋回させて、その視界にも注意を向けていた。それで隠密《おんみつ》行動を取っているひとりの存在に気付いたんだ」

潜伏に用いる迷彩魔法は動いた時に綻びやすい。伏兵の存在を察していたオリバーは、あえて無防備な背中を晒《さら》すことで「今なら狙える」と潜伏中の敵に思わせた。そうして相手が動き出したところを偵察ゴーレムの視界で捉え、出し抜けの呪文攻撃で存在を炙《あぶ》り出《だ》し、続くナナオの追撃で逃さず仕留めたのだ。

一方で予想外のこともあった。オリバーは隠れながら分身を操っているのが実体分身の術者だろうと思っていたが、実際には影分身の術者のほうだった。つまり、いちばん厄介な自爆機能付き実体分身一体と、その使い手であるミストラルは残っていることになる。

「また他のチームと連携されては厄介だ。ここで仕留めるぞ！」

「承知！」

追い付いてきたナナオと合流してミストラル隊の背中を追う。速度ではオリバーたちが大きく勝るため、相手との距離はみるみる縮まっていく。今なら仕留められる――そう思ったオリ

バーが走りながら杖剣《じょうけん》を構え、

「――ッ!?」

その瞬間、ふいに上空から圧力を感じて跳び退《すさ》る。ナナオとユーリィも同様に反応し――ほぼ同時に、彼らの目の前の地面が大きく爆《は》ぜた。

「――困んのよね。その程度であたしの狙撃から逃げられると思われちゃ」

北東の「塔」の頂上で白杖《はくじょう》を構えたカミラ＝アスムスが呟《つぶや》く。もちろんその視線の先にオリバーたちの姿はない。ただでさえ距離がある上に凹凸に富んだ地形で隠れてしまっている状態だ。どう目を凝らしても見えはしない。

が――それはあくまでも彼女自身の目の話。「目」は獲物の真上にもある。

「**岩砕き**《マグヌス》 **爆ぜて散れ**《フラルゴ》**！**」

仰角を取って放たれた二発目の魔法。それが軌道の途中で弧を描いて降下を始め、障害物の向こう側のオリバーたちへと、再び容赦なく降り注ぐ――。

「……おっ始めたな。ゴーレム観測頼みの曲射でよくもまぁ」

チームメイトが撃った魔法の軌跡を見上げて、「塔」からやや離れた場所で工作を行っていたトマス＝チャットウィンが呆《あき》れたように言う。ホーン隊が岩山から西へ跳んだ時点で、彼は狙撃を切り上げて地上に降りていた。彼も魔法狙撃の技量にはそれなりの自負があるが、カミラのような真似《まね》はとても出来ない。

「見惚《みと》れてる場合じゃねぇな、こっちの仕事も済ませねぇと。……ったく、忙しいぜ！」

ぼやきつつ、目の前の地面に魔法をかけて壁を作り上げる。戦場が遠く離れている今こそ、彼らにとっては先の展開へ向けた布石を打つチャンスなのだ。

オリバーたちの前に二発目の炸裂《さくれつ》呪文が降り注ぐ。その着弾地点は寸分のズレもなく、彼らがミストラル隊を追って最短距離を進んでいた場合の位置だった。

「……目視なしで狙えるのか……！」

戦慄と共に少年が呟《つぶや》く。――神業と言うほかない。まずもって北東の「塔」と自分たちは距離が大きく離れており、普通に狙い撃ちするだけでも困難な距離だというのに。

長距離の魔法狙撃に立ちはだかる壁は三つある。第一に魔法を「届かせる」こと、第二に「狙った場所に当てる」こと、第三に「着弾時点での相手の位置を予測する」こと。強い魔法出力と研ぎ澄まされた意念《イメージ》がなければ第一の壁すら越えられない。第二の壁では狙い撃ちの技術と魔法の安定性の両方が要求され、第三の壁では先読みの経験とセンスが物を言う。この三つだけでも大きな課題だというのに、この相手はそれらに加えて第四の壁——文字通り「壁越し」の狙撃で自分たちを狙ってきているのだ。おそらく上空の偵察ゴーレムの目を用いての間接射撃なのだろうが、どう考えても尋常な腕前ではない。

「互いに距離を空けろ！」

オリバーがすぐさま指示を出し、ナナオとユーリィが左右に散って走り出す。……これで巻き添えは避けられるが、まだ対策としてじゅうぶんではない。追加の一手を考えるオリバーを横目に、ユーリィが片手を挙げてそれを提案する。

「狙撃はぼくが防ぐよ。戦闘には参加できないけど、二対二でもいけるでしょ？」

「……任せた！」

オリバーもふたつ返事で頷《うなず》いた。——ひとりが守りに専念して上空を見張っていれば、他のふたりは狙撃への警戒を大きく減らすことが出来る。攻撃に回せる戦力こそ減るが、すでにミストラル隊の残りは分身を除いてふたり。自分とナナオがいれば攻め手に不足はない。

そうして再開する追跡。防空を担当するユーリィのみがやや遅れる形で、一度は開きかけた二チームの距離が再び縮まっていく。すぐ背後に迫るオリバーたちの気配に、分身含め四人のミストラル隊のひとりが焦《あせ》って声を上げる。

「——追い付かれるぞ！　どうすんだ、迎え撃つのか⁉　それともイチかバチかバラけるか⁉」

「ヒャハッ。慌てんなよ」

本物のミストラルが笑う。こうした窮地こそ、罠《わな》を仕掛けるにはもってこいの場面だと。

「迎え撃つ？ バラける？ 馬鹿ぬかせ。そんなもん——騙《だま》すに決まってんだろォ！」

宣言と共にそれを実行する。彼らが駆けていく先にあった手頃な大きさの岩——その向こう側へ左右からふたりずつ駆け込み、岩陰で分身と本物をシャッフルした上で、再びふたりずつ左右に分かれて走り出した。だが無論、その展開はオリバーも予測済みだ。

「ナナオは右に！ レイク、君も彼女のほうへ！」

「承知！」「分かったー！」

ナナオとユーリィに一方を任せて、オリバー自身は左のふたりを追っていく動きを見せる。が——その追跡の最中。ミストラル隊がシャッフルに使った岩の横を通り過ぎる、まさにその瞬間。

「**雷光疾りて**《トニトゥルス》！」

視線は一切向けないまま、オリバーが腕の動きだけで真横へと呪文を撃つ。岩の表面で電光が爆《は》ぜ、綻んだ迷彩呪文の中からひとつの影が飛び出した。

「……てめェ……」

苦痛に顔を歪《ゆが》める敵の姿がそこに現れていた。二手に分かれたと見せかけて分身を一体追加し、ひとりが岩陰に潜んで不意打ちを狙っていたのだ。罠《わな》を見抜いたオリバーの呪文を避け切れなかった証拠に、相手の片膝は地面に突いたまま。

杖剣《じようけん》に対抗属性の名残が見えたので分身では有り得ない。逃げ足を失った手負いの敵へ、オリバーは油断なく距離を詰めていく。

「そのやり口は二度目だ。君は本物か？　Mr《ミスター》．ミストラル！」

一足一杖《いっそくいちじょう》の間合いに入ったところで地を蹴って斬りかかる。片足を負傷した相手には抵抗もままならない。今度こそ仕留めた――オリバーがそう確信した瞬間、彼の横合いから電撃が割り込んだ。

「――ッ⁉」

瞬時に反応して飛び退《すさ》り、正面のミストラルには牽制《けんせい》の魔法を叩《たた》き込む。相手がそれを迎撃している間にオリバーは素早く視線を巡らせる。左後ろ側にやや離れた岩の上に、前髪で両目を隠した小柄な女生徒の姿があった。

「間一髪、でございますね」

片手に杖剣《じようけん》を構え、かすかに息を切らしてジャスミン＝エイムズが呟《つぶや》いていた。その存在を意識しつつ、岩陰に飛び込んだオリバーが次の動きを判断する。……追い付かれるのが予想より早いが、こうなると深追いは出来ない。

岩で射線を遮りつつ北側へ走り始めるオリバー。彼の気配が遠ざかるのを確認したところで、エイムズがため息と共に杖剣《じょうけん》を下ろした。

「迷わず退きましたか。……つくづく己を過信しませんね、あの御方は。なんとも好ましい」

「……ハハッ……助かったぜェ……」

窮地を救われたミストラルが額の汗を拭う。エイムズはそこへ速やかに駆け寄っていき、

「御仲間のほうは助けて差し上げられません。貴方《あなた》のチームの勝ちは薄くなってございますが
――最後まで働いていただけますね？　Mr《ミスター》．ミストラル」

冷たい声と共に杖剣《じょうけん》の切っ先を突きつける。それは問いの形をした命令であり、ミストラルは頷《うなず》く以外の選択肢を持たなかった。


ひとつの山場が過ぎ去ったことで、実況席にも戦況をまとめる頃合いが来ていた。ミリガンが微笑《ほほえ》んで腕を組む。

「――見応えのある戦いだったね。けど、これはホーン隊の対応力を讃《たた》えざるを得ない。そうだろう？　Mr《ミスター》．ウォーレイ」

隣の政敵へと話を振る。眉根を寄せるウォーレイに代わって、そこでガーランドが解説を受け持つ。

「性質の異なる二種類の分身。そこへ変化した仲間を織り交ぜて攪乱《かくらん》し、さらには潜伏させた

と言っていい。初見でそれに対処してのけたホーン隊には、Ｍｓ《ミズ》・ミリガンの言うように賛辞を贈らねばならないな」

そう言われてますます鼻を高くし、蛇眼の魔女はここぞとばかりに後輩を褒めちぎる。

「チームの指揮を執っているオリバー君。ナナオ君と違って、彼はその場の直感に活路を見出《みいだ》すタイプじゃない。だから、きっと膨大な……気が遠くなるほどのパターンの戦術予想をもって戦いに臨んでいるんだろう。相手が分身を操ると分かった時点で、あの罠《わな》も彼には読み筋だったということさ」

放っておけばいつまでも喋《しゃべ》り続けそうな彼女に、ウォーレイが苦い面持ちで言葉を挟む。

「……机上での想定があったというだけで、あれほど適切に状況へ対応できるものか。いったい後輩にどんな訓練を積ませている？」

「おや、知りたいかい？　この名伯楽の指導法を？　君も教えて欲しいのかい？　んん？」

ぐいぐい顔を近付けるミリガンにウォーレイが舌打ちする。一方で、その光景を観客席から眺めていたガイが苦笑を浮かべた。

「……図太ぇなあの人。すっかり自分の指導の手柄にしてるぞ」

「……まぁ、うん……確かに色々教わってはいるから……」

隣のカティも微妙な表情で言葉を濁す。ミリガンに事実上師事しているに近い彼女はともか

く、ナナオとオリバーは日頃からそこまで多くの教えを受けているわけではない。が、選挙活動を応援する立場である以上、今そこに突っ込むのも野暮というものである。

その間にも実況席では政敵同士の攻防が続く。うんざりしたように椅子をずらしてミリガンから距離を置き、ウォーレイが強い声で話の向きを変える。

「ホーン隊への評価はもうじゅうぶんだろう。……それより、Ms《ミズ》．エイムズの動きも見事だった。普通に走ってはミストラル隊への援護が間に合わないと見て、さっきのホーン隊と同じ収束魔法を用いた跳躍で一気に距離を詰めた。仲間を置いてひとりで跳んだのは飛距離を稼ぐため。見事な思い切りだと言っておこう」

「ああ、そうだね。序盤から思っていたけど、エイムズ隊の中で彼女だけ動きがずば抜けている。あそこまで戦える子なら少しは噂《うわさ》になっていそうなものだけど、今日まで名前を聞かなかったのが不思議だ。実力を隠していたクチかな？」

ミリガンも素直に評価を重ねる。直後に実況のグレンダが声を上げた。

「おっと――Ms《ミズ》．ヒビヤにミストラル隊のひとりが追い付かれた！　リーダーのMr《ミスター》．ミストラルも片足を負傷し、さっきまでの不利な状況からホーン隊が大きく盛り返しました！　さぁ各チーム、ここからどう動く！」

ミストラル隊にはいくつか誤算があった。その最たるものは、片腕を封じられたナナオ＝ヒビヤの戦力であったと言える。

「**火炎盛りて**《フランマ》**！**」

背後に彼女の姿が見えた時点で逃げ切れないと判断し、ミストラル隊の生徒が迎撃の魔法を放つ。——一見して、両手剣《ツーハンドソード》を杖剣《じょうけん》とするナナオが左腕を負傷した場合に生じる不都合は想像しやすい。魔法剣の攻防における剣圧の減少、そして杖《つえ》剣を振る速度の低下による呪文戦の不利である。もちろん彼女もそれらを免《まぬが》れているわけではない。

「**氷雪猛りて**《ふりぐす》**！**」

だから、立ち回りを工夫している。呪文の撃ち合いには付き合わない。接近の過程で避けられない攻撃だけを必要最低限の威力で相殺《そうさい》し、節約した魔法出力を足に回して踏み込みの速度を維持する。驚嘆すべきはその精度。相手の詠唱のさわりが聞こえた時点で対抗属性を峻別《しゅんべつ》、即座に呪文を唱えて魔法を放ち、相殺《そうさい》を見届けもせず魔法の衝突地点へ飛び込んでいく。並外れた判断速度と胆力があって初めて為《な》せる技だ。

「**雷光疾りて**《トニトゥルス》**……！**」

必死に呪文を唱えながらミストラル隊の生徒は思う。こんなのは話が違う、と。

一般に、対抗属性の活用は魔法出力の低い者ほど重要になると言われる。というのも——ごく単純な一対一の撃ち合いで考えた場合、魔法の威力で大きく相手に勝っている側には、極論すれば呪文を選ぶ必要がない。何を撃ったところで力負けしない以上、専心すべきは魔法の狙いと速さである。

だが、威力で劣る側はそうはいかない。出力の不足を他の工夫で補う必要がある。対抗属性を用いるのもその一環で、完全な相殺《そうさい》が出来ない場合でも、魔法のベクトルをずらすことによる回避が高い精度で狙える。これは相殺《そうさい》による影響がシンプルで予測しやすい対抗属性だからこその強みであり、他の属性ではぶつかり合った魔法同士がどう動くかの判断が一気に難しくなる。結果、思わぬ形で余波を浴びたり、それを恐れて足を鈍らせる展開にも陥りやすい。

瞠目《どうもく》すべきは、普段のナナオ＝ヒビヤがそうした不安とは縁遠いということだ。彼女の魔法出力は同学年の中で図抜けており今後の成長も強く見込まれる。必然的に対抗属性のシビアな運用が求められる機会は少なく、諸手《もろて》斬り流しという絶技の存在もそれに拍車をかける。そんな彼女があえて対抗属性を精密に使い分ける必要はないし、少なくとも習得の優先度は低い

――と、誰もがそう考える。ミストラル隊の面々もまたそうだった。

つまりは見誤っていたのだ、彼女の傍《そば》にオリバー＝ホーンがいることの意味を。ナナオ＝ヒビヤという魔法使いの基礎が、彼の徹底した監修のもとで固められてきた事実を。

「ぐ……**仕切りて阻め《クリベウス》！**」

剣の間合いに入られれば仲間の二の舞になる。そう危惧したミストラル隊の生徒は、それだけは何としても防ぐために遮蔽呪文を選択した。魔石鉱床の地形効果にも強化された石壁が彼

の前に分厚い盾となって立ち上がり、

「斬り断て《ぐらでぃお》！」

それを半ばから両断した少女の呪文が、諸共に彼の胴を薙《な》ぎ払《はら》っていた。

「かッ――」

致命打に反応した首の輪《リング》が呪《まじな》いを発動――それが意識を断つまでの数瞬、ミストラル隊の生徒の脳裏に敗因が浮かぶ。……遮蔽呪文による防御は多くの魔法に対して有効だが、呪文を地面にかけてから壁が形成されるまでのタイムラグが弱点となる。彼もそれは承知していたが、だからこそ「早く壁を作る」ことに意識が偏った。そうして構築を急いだ壁は意念《イメージ》が甘くなり、切断呪文に耐えるだけの強度を持てなかったのだ。

「……クソ……」

小さな悪態を残して仰向けに倒れるミストラル隊の生徒。残心の内にそれを見届けて、ナナオが静かに刀の切っ先を下ろす。

「あっ、もう仕留めてる！　さすがだねナナオちゃん！」

追い付いてきたユーリィが無邪気に声を上げた。その上空で偵察ゴーレムが待機の指示を出していたため、ふたりはしばし足を止めて待つ。それから二分足らずで西側からオリバーが現れた。ゴーレムの視界で、彼のほうでもすでに状況は把握済みだ。

「左に逃げたほうは俺が仕留めた。こちらは実体分身と影分身がひとつずつだ。影分身のほうは早々に消えていたが」

「むむ？　となると、最後のひとりは何処《いずこ》に？」

「二手に分かれたふりをして岩陰に潜んでいた。見破って足一本は奪ったが、Ms.《ミズ》エイムズの妨害で仕留め損ねてしまった」

説明しつつ、先ほどナナオが仕留めた相手の顔を覗《のぞ》き込む。意識を失ったことで変化が解け、本来の形に戻った男子生徒の顔がそこにあった。それを確認したオリバーが視線を上げる。

「この生徒もミストラルじゃない。ということは、消去法で俺が戦った相手が本物だ。彼にはまだ例の実体分身がある。他チームとの戦闘でも引き続き警戒してくれ」

「うん。でも、彼自身はもう速く動けないんだよね。実体分身はまだ増やせるのかな？」

ユーリィが疑問を示す。判断のために少し考えて、オリバーがその問いに答える。

「……あの精度の分身となると、運用のための魔力の消耗も相当に激しい。彼は魔力量がそこまで多いタイプには見えないから、出せるとしてもあと二体程度だろう。影分身なら話は別だが、あれは術者の近くでないとそもそも維持できないはずだ」

つまりは、自爆機能をもった実体分身が最大で二体。それがミストラル隊の実質的な残存戦力だと把握した上で、オリバーは飛ばしている偵察ゴーレムに意識を移す。西側を張らせていた一体の視界には、すでに誰もいない岩場しか映っていない。

「……エイムズ隊は分散して潜伏したようだ。このまま探しにいく手もあるが、ばらばらに隠れた相手を探し出すのは時間がかかる。ミストラルの分身に無駄足を踏まされる可能性もあるし、その間に北東のリーベルト隊がフィールド中央に移動してくると厄介なことになる。確実を期すのなら順番は逆だ」

「先に射手を仕留める手筈《てはず》にござるな」

意を酌《く》んだナナオが結論を口にする。オリバーは頷《うなず》いて東へ視線を向けた。

「俺たちが本気で走ればエイムズ隊には追い付けない。――東の『塔』へ向かうぞ！」

次の目標を定めた三人が一斉に駆け出す。と――その疾走の最中、オリバーが小声で囁《ささや》いた。

「もうひとつ、走りながら聞いてくれ。……ゴーレム越しに全体を見回しているうちに気になったことがある。ひょっとしたらこのフィールドは――」

同じ頃、東に遠く離れた「塔」の上からも、ホーン隊の動きはすでに見て取れていた。長くタイミングを窺《うかが》っていたリーベルト隊の狙撃手・カミラがぼそりと声を上げる。

「――ミストラル隊からふたり落ちた。来るよ、こっち」

「……そうなるよなぁ。ひとりも削れてないのはきついぜ」

チームメイトのトマスが隣で肩をすくめた。彼のほうは今しがた地上での工作を終えて戻ってきたばかりである。その視線がぐるりと後ろを振り向き、そこに座るリーダーのユルゲン＝

リーベルトを捉えた。

「大将。ぼちぼち回復したか？」

「問題ない。迎え撃つのみだ」

リーベルトが瞼《まぶた》を開いて静かに立ち上がる。揺るがぬその声に、ふたりのチームメイトも短い頷《うなず》きでもって応えた。


溶けて崩れよ《ルトウムリームス》！」

すぐ先の岩壁をオリバーの呪文が溶かし穿《うが》つ。彼らが岩場の合間の低地を選んで駆け抜ける間、その行く手を阻《はば》むようにして、同じものが繰り返し目の前に現れていた。不自然に思ったユーリィが口を開く。

「行く先々に壁があって走りづらいね。これも敵の妨害？」

「**溶けて崩れよ**《ルトウムリームス》！　――ああ。俺たちがフィールドの西側で戦っている間に、自陣へ攻められた場合に備えて地形を整えてあったんだろう」

「なるほどね。……おっと、上からもだ。**氷雪猛りて**《フリグス》！」

飛来する呪文をユーリィの魔法が空中で迎え撃つ。発射地点の「塔」を真正面に捉えているので狙撃への対処は難しくないが、呪文を防ぐのに意識と魔力を割く分だけ多少は足が鈍らされる。それを感じたユーリィが唸《うな》った。

「うーん、こっちの進路に射線が通っちゃってるね。壁も邪魔だし、いっそ右の岩山の向こうに迂回《うかい》したらどうかな？」

「……いや、ルートはこのままでいい。迂回《うかい》の素振りだけ見せよう」

そう言ったオリバーが進路を右へずらし、ナナオとユーリィも後に続く。それから間もなく、彼らが目指す「塔」の頂《いただき》で魔法の発射を告げる光がふたつ瞬《またた》き、

「今だ、左へ戻れ！」

同時にオリバーが進路を左へ急変、ルートを元通りに取り直す。それから数秒後、彼らの進路に対して右側の岩山へ二発の炸裂《さくれつ》呪文が降り注ぎ——その表層が広範囲に亘って崩れ落ちた。岩と砂が入り混じる灰色の激流に、ナナオとユーリィが目を見開く。

「おお、地滑りにござる」「うわわ。あっち行ってたら危なかったなぁ」

「あらかじめ緩めておいた地盤を炸裂《さくれつ》呪文で崩したようだな。……俺があちらの立場なら、岩山を盾にしながら近付くルートは真っ先に想定する。罠《わな》もそこに優先して仕掛けるだろう」

状況から導かれる敵の行動を正しく予想できた。そのことに軽く安堵《あんど》しつつ、オリバーは意識を正面の「塔」へと戻す。

「同じ理由で、進路上に見えた障害はあえて避けない。向こうが障害のない道へ誘導しようとしている可能性が高いからだ。多少のロスにはなるが、目に見える壁よりも見えない罠《わな》を警戒

しておく」

「ふーむ、ふむ。……ふぅ――む」

唐突に走る速度を上げてオリバーの真横へやって来たと思うと、ユーリィは相手の横顔を間近からこれでもかと凝視する。さすがに気になってオリバーが声を上げた。

「……レイク。なぜ俺の顔を凝視するのか分からないが、今は前を見てくれ」

「あはは、ごめんごめん。でも――なんか今、オリバーくんと同じチームで良かったと思ってさ」

「それはどうかな。この試合に関して言えば、君は俺とナナオの巻き添えで割を食っている立場だぞ」

苦笑交じりにオリバーが言う。他チームから狙い打ちされる原因は彼とナナオにあるため、チームメイトの選択次第でユーリィがもっと有利に立ち回れた可能性は大いにある。が――傍《かたわ》らでそれを聞いていた東方《エイジア》の少女が、ふっと微笑《ほほえ》んで首を横に振った。

「勝ち負けの話ではござらん。そうでござろう？　ユーリィ殿」

彼女の言葉に、ユーリィがにっと歯を見せて笑う。幼い子供のように、それは余りにも明け透けに。

「……あんまり上手《うま》く言えないんだけど。君と一緒にいると、いつもより世界がはっきり見えてくる気がするんだ。色んなことを丁寧に説明してくれるからかな？　それがすっごく楽しくってさ」

思わぬ不意打ちを受けたオリバーが言葉を詰まらせる。とっさにチームメイトから顔を背け、彼は咳払《せきばら》いして話題を変えた。

「……塔まであと少しだ。着いたら一気に攻め落とすぞ、気を引き締めろ」

「うん！」「承知！」

ふたりのチームメイトから気持ちのいい返事が響き、同時にオリバーもはたと気付く。緊張と集中に紛れていたが――自分は今、この試合を楽しんでいるのかもしれないと。

一方、彼らが目指すフィールド北東の「塔」。その屋上でカミラと並んで魔法狙撃を行うトマスが、想定と食い違う標的の動きに苛立《いらだ》ちを露《あら》わにしていた。

「――何あれ、ぜんっぜん誘導に乗らねぇんだけど。可愛《かわい》くねぇー」

「ホーンが指揮している以上は当然の立ち回りだ。ぼやかず少しでも足を鈍らせろ」

リーダーのリーベルトが冷静に諭す。元来が石橋を叩《たた》き壊《こわ》した後に鉄橋を立てるような性格であるので、敵の甘い行動には最初から期待していない。むしろ嚙《か》み合《あ》っているとすら感じていた。理詰めの最適解を選んでくる分、オリバーの思考は彼にも理解しやすいからだ。

「ふたりとも、あと数発撃ったら下にいけ。極力動きを気取られるなよ」

「へいへい」「りょーかい」

返事を寄越すふたりの表情にも焦《あせ》りはない。リーダーの指揮に対する信頼なら、彼らのそれもまたホーン隊に勝るとも劣らないのだ。

「――む。麓が見え申した」

前方に地形の変化を見て取ったナナオが足を止め、オリバーも同じ光景を偵察ゴーレムに上空から俯瞰《ふかん》させる。これまで無秩序な凹凸に富んでいた地面は滑らかなすり鉢状に落《お》ち窪《くぼ》み、その底部を基盤として聳《そび》える「塔」の全周を高さ十フィートほどの壁が隙間なく囲んでいた。杖剣《じょうけん》を合わせて同様のイメージを共有すると、まずユーリィが口を開く。

「壁が塔の周りをぐるっと囲ってるね。敵の姿は見える？」

「いや、見当たらない。さっき屋上から塔の内部へ降りたきりだ」

オリバーが首を横に振った。二体の偵察ゴーレムで注意深く見張っているが、塔の麓や側面の窓に敵の姿は見て取れない。内部へ侵入させることも出来なくはないが、索敵に特化した小型ゴーレムは近い距離で敵に見つかればいとも簡単に落とされる。リーベルト隊が最後の敵ならともかく、他にエイムズ隊が無傷のまま残っている状況で「目」を失うリスクは冒せない。

数秒考えて、オリバーは攻略の方針を決めた。

「……まず防壁を越えて塔の一階へ。敵が迎撃に降りてくるならそこで戦うが、塔の中に立て籠もる展開も考えられる。その場合は収束魔法を使って基礎から崩そう」

「おお、派手にござるな」「楽しそうだね。ちょっともったいないけど」

ふたりが同意を示すと、オリバーは声を潜めて指示を出す。

「……三つの角度から同時に突入する。レイクは左、俺は正面、ナナオは右だ。敵の迎撃はもちろん、罠《わな》への警戒を怠るなよ」

進入路を分散することで敵に火力を集中させない狙いである。ユーリィとナナオが左右へそれぞれ駆け出すのを見届けてから、オリバーもまた正面の壁に呪文を唱え、

「**溶けて崩れよ《ルトウムリームス》**——ッ⁉」

穴を穿《うが》ちかけたその瞬間、壁を貫いてきた風の弾丸が彼を襲った。とっさに身をよじって避けるが、目の前の壁に穿《うが》たれた穴の、その指先ほどのサイズを目にして肌が粟立《あわだ》つ。——ここまで細く絞った風で、敵はなお正確に自分を狙ってきている。

「うわっと⁉」「むぅ！」

彼の左右で突入を試みていたユーリィとナナオを同様の攻撃が襲う。持ち前の反応速度と勘の良さで躱《かわ》すふたりだが、そこに壁の向こうから淡々とした声が響く。

「遠路はるばるごくろうさま。でも——そっからが長いよ。**貫け風弾《インペトウス》**！」

「**貫け風弾《インペトウス》**！」

跳び退《すさ》る三人へ、またしても壁の向こうから正確に急所を狙った魔法が襲い掛かる。それらを回避するために、オリバーたちは自然と壁と平行に走り始めた。

「壁越しに狙撃を……⁉ ナナオ、レイク、上からの視線を遮れ！ **覆いて隠せ**《コーヴェル》！」

オリバーがすぐさま頭上に暗幕を展開し、チームメイトふたりもそれに倣《なら》う。初撃こそ面食らったが、壁越しの呪文攻撃はかつてミリガンとの戦いで彼自身も用いた手法。敵の位置からして直接目視されてないことは自明だ。なら暗幕呪文で上空の偵察ゴーレムの観測さえ断ってしまえば――。

「――ッ⁉」

だが。そんな少年の見込みを、続けざまに彼の前後を掠めた二発の魔法が容赦なく覆《くつがえ》した。

「精度が落ちない……⁉ 上から見ているだけじゃないのか。では一体どうやって――」

答えを求めたオリバーの視線が周囲を巡り、足元を向いたところではたと気付く。――地面が余りにも平坦《へいたん》過ぎはしないか。ゴーレム築城を踏まえてもここまで広範囲を平らにする必要はないし、これではむしろ敵を動きやすくしている。拠点の周りに魔法トラップを設置しないのも不自然だ。それらに何らかの意味があるとすれば――。

「――まさか。この地面も――！」

壁の向こうで戸惑うホーン隊の三人。直接目には見えないその位置を、「塔」の一階で待ち受けるリーベルト隊の三人は正確に捕捉していた。床の複数個所《かしょ》に描かれた自陣の魔法地図と、その上を動く三つの点によって。

「貫け風弾《インペトウス》！　どうだ、こっちの掌《てのひら》の上で踊る気分はよ！」

「貫け風弾《インペトウス》！　――油断するな。奴《やつ》らなら間もなく仕掛けを見抜く」

低い声で呟《つぶや》くリーベルト。壁越しに撃つその呪文が、またしても敵のすぐそばを掠《かす》めていく。

「……この地面もゴーレムの一部だ！　俺たちは敵の肌の上にいる！」

射撃を避けて壁沿いを走り回りつつ、結論に至った分析をオリバーが叫ぶ。チームメイトふたりが同時にきょとんとした顔を浮かべた。

「えっと――それってつまり、地面に感覚があるってこと？　ぼくたちが肌の上を歩く虫を感じるみたいに、この『塔』にもぼくたちの位置が分かる？」

「その理解でいい！　要するにこちらの位置は筒抜けだ！」

情報共有の傍《かたわ》らでオリバーは思考する。――地面を平坦《へいたん》に均《なら》し、魔法トラップの設置を避けているのは感知の精度を上げるため。となると「塔」が索敵に用いている感覚としては圧力・熱・魔力感知の辺りが有力だが、いずれにせよ特定と対処の両方に時間がかかる。西から追ってくるエイムズ隊の到着までは五分足らずであり、攻略にそう時間は掛けられない。

「そうだ、こっちも呪文を撃ち返すのはどうかな？　壁が塔を丸く囲ってるんだから、たぶん向こうの人たちは真ん中の辺りにいるよね？　適当に撃っても当たるんじゃない？」

「それも考えたが、この防壁は内側と外側で攻撃に対する頑丈さが違う。俺たちの側からでは敵がしているほど簡単に壁を貫けない。壁を挟んでの撃ち合いは明確に不利だ」

ユーリィの提案をオリバーが首を振って退ける。——曲射を用いる手もあるが、これもまた直線距離で撃つ敵に比べて攻撃の到達が遅れる分の不利を生じる。とにかく壁にひとつでも侵入口を開けたいところだが、そのためには同じ場所に数秒継続して呪文をかける必要があり、敵の絶え間ない射撃がその暇を与えない。いっそ壁を駆け上って跳び越えることも考えたが、敵もそれは常に警戒しているはず。顔を出した瞬間に集中砲火を受ければ高い確率でひとりは落とされる。

まず壁を越えなければ話にならない。かといって強引に突っ込んだところで返り討ちに遭うだけ。少年は考える。それらを踏まえた上で、この局面を打開する方法は何か？

「——どこにござろう」

彼からやや離れた位置のナナオがふと声を上げる。動きにフェイントを交えた疾走で壁越しの狙撃を躱《かわ》しながら、オリバーとユーリィが同時に彼女へ目を向ける。

「この地面が肌というのなら、それは体のどこの肌にござろう。足の甲か、掌《てのひら》か、額か。はたまた胸や腹か」

「？　いや、肌というのはあくまで喩《たと》えで――」

「むぅ、左様にござるか。真《まこと》に人の肌であれば、感じやすい場所も鈍い場所もあろうと思ってござるが」

眉根を寄せて唸《うな》るナナオ。素朴なその意見が、思いがけずオリバーの耳に引っ掛かる。

「……一理あるな、それは」

「貫け風弾《インペトゥス》！　どうしたどうした、手も足も出ねぇか！」

一方的に攻め立てるリーベルト隊の面々。が――続く瞬間、不意にその勢いが止まった。彼らが肉眼に代わる観測手段としていた床の魔法地図。その中から、これまで忙《せわ》しなく動き回っていた三つの点が一斉に消えたからである。

「……？」「おい、大将！　敵の位置が出てねぇぞ！」

感知の不具合を疑ったカミラとトマスがそれを担当する仲間へ目を向ける。が、その視線をよそに、当のリーベルトは厳しい表情で防壁のほうを睨《にら》んでいた。

「……そう来るか」

その瞬間も、壁の向こうでオリバーたちは動いていた。ただし地上ではなく、踏み立つ壁面《ウォールウォーク》によって三人全員が壁面を疾走する形で。

「――狙撃の精度が大きく落ちた。やはり、感覚があるのは地面だけか！」

敵の魔法が数発続けて三人の誰からも外れた場所を穿《うが》っていき、オリバーは自分たちの取った方法が正しかったことを悟る。同じく壁の上を走るユーリィが感心しきりで頷《うなず》いた。

「そっか、地面がダメなら壁を走ればいいんだね。よく分かったなぁナナオちゃん！」

「分かったつもりはござらぬが、解を得たなら是非もなし！」

敵に位置を気取られぬよう小声で快哉《かいさい》を叫びながら、ふたりは軽快に壁面を駆け回る。その姿に確信をより固くして、オリバーは壁越しの敵の反応に集中する。


「――壁の上かよ、あいつら……！」

耳に届く複数の足音。もはや疑いようもなく壁面から響いてくるそれにトマスが顔を引《ひ》き攣《つ》らせる。一方、別の角度を見張るカミラが彼女らのリーダーに問いを投げた。

「壁のどの辺にいるかは分かんないの？　あれだってゴーレムの一部でしょ」

「……無理だ。そもそも壁面に感覚器を設置していない。やるならゴーレムの設計から見直さないことには」

リーベルトが苦い面持ちで答える。彼としても壁面を駆け上られることまでは想定しており、それだけなら直前の反応から位置を割り出せば済んだ。が、まさか壁面をメインの足場に動かれるとは予想しなかった。それればかりか敵の体が壁と垂直になったことで結果的に的が小さくなってもいる。理不尽なまでに上がった狙撃の難度に、トマスが悲鳴じみた声を上げた。

「俯角《ふかく》が取りてぇ……！　おい、上の階に移っちゃダメか⁉」

「論外だ。移動の間に斬り込まれる」

仲間の提案をリーベルトが切り捨てる。高い位置から見下ろせば壁面の敵を目視できるとしても、そんな土壇場《どたんば》での配置換えを許すほどホーン隊は甘くない。すでに三人全員の絶え間ない射撃で辛《かろ》うじて押し留《とど》めている状況であり、ここで弾幕が薄くなれば敵もすぐに射手の移動を悟る。そうなれば一気に攻め込まれて終わりだ。

「焦《あせ》んな馬鹿。壁はまだあるし、向こうはどうせ穴を開けてくる。そこを大弾で狙えばいい」

カミラの言葉にトマスもハッとする。足に魔力を回す分、踏み立つ壁面《ウォールウォーク》をしながら二節呪文を使うのは三年生の段階では難しい。今のホーン隊が壁に穴を開けるためには近寄って一節呪文をかけ続けなければならず、その瞬間だけは彼らの位置が掘っている穴の周辺に限定される。「この辺り」が分かるだけなので狙いは大まかになるが、それを補うためには弾を大きく、そして増やせばいい。

方針を決めた彼らがチャンスの到来を待つ中、その予想に違わず、魔法をかけられた南西の壁の一部分が灰色から濃い褐色に変わっていく。そこへカミラが即座に杖《つえ》を向けた。

「ほら来た。──岩砕き《マグヌス》　爆ぜて散れ《フラルゴ》！」

「「岩砕き《マグヌス》　爆ぜて散れ《フラルゴ》！」」

一発の後を追って二発、計三発の二節呪文が壁を内側から吹き飛ばす。それを同じ壁面の離れた位置で足を止めて見届けた上で、オリバーたちは一斉に疾走を再開した。

「二節が三発！　今だ、抜けろ！」

敵の手で壊された壁を三人が踏み越え、その内側へと迷わず身を投じる。──穴を開ける際には壁の反対側にも兆候が現れる。そのタイミングを狙われることは彼らも当然予想していた。よって溶解呪文はあくまでも呼び水。敵を反応させた段階で詠唱を切り上げて退避し、リーベルト隊に自ら穴を開けさせた。オリバーたちの正確な位置を摑《つか》めない彼らが、やむなく大弾──広範囲を吹き飛ばす二節呪文を使ってくることまで含めての読み筋である。

だが、ひとつ壁を越えれば後は攻め落とすだけ──とはいかない。彼らが防壁の内側に立った瞬間、その眼前に、地面からせり上がる二枚目の壁が映っていた。思わぬ光景にユーリィが目をぱちくりする。

「うわっ、また壁!?」「お代わりにござるか！」

「慌てるな、要領は同じだ！　タイミングを計って突破するぞ！」

新たな障害にも怯《ひる》まずオリバーが先行する。――拠点を守る防壁が一枚きりとは最初から思っていない。一度で駄目なら二度、三度と繰り返すまでのこと。そう腹を決めて、彼はナナオとユーリィと共に二枚目の壁面を疾走し始める。

「塔」の防衛のためにリーベルト隊が用意した防壁は三枚。地面の感知能力を見抜かれた上で一枚目を突破される事態を考えて、二枚目の周囲には魔法トラップを埋め込んであった。……が、これも壁面をメインに走り回る相手のことは想定していない。一枚目の裏側から二枚目の壁に飛び移ったホーン隊の面々はそもそも地面を踏まず、罠《わな》を発動させる機会そのものを与えなかった。

加えて、自分たちの射撃で再び侵入路を開けてしまうことへの恐れがリーベルト隊に躊躇《ためら》いを生む。それを察したホーン隊が今度は自ら穴を穿《うが》ち、二枚目の壁をあっという間に抜けてしまった。三人が陣取る塔の一階からほんの十数ヤード先で最後の壁がせり上がり、間近に迫った敵の気配にトマスが焦《あせ》りを露《あら》わにする。

「クソッ、もう残り一枚かよ！　当たれ、頼むから当たれ！　**貫け風弾**《インペトウス》――ぐぉっ⁉」

半ば当てずっぽうの射撃に及ぼうとした彼を、そこでカミラが背後から蹴り飛ばした。うつ伏せに倒れて目を白黒させる彼に、リーベルト隊の狙撃手は杖《つえ》を構えたまま淡々と告げる。

「頭冷やせ。命中《ヒット》を願い始めたらもう終わり。一発も撃たないほうがまし」

静かな熱を宿して言葉は続く。これまでに彼女が積み重ねた研鑽《けんさん》と修練の日々。その年月が形作った狙撃手としての矜持《きょうじ》が、そこに滲《にじ》む。

「願うな、狙え。遠くても、速くても、見えなくても。存在する限り、それは必ず影を落とす」

かつて彼女自身が師より授けられた言葉。千年を生きる至高の魔女の教えを胸に、カミラ＝アスムスは持ち得る全ての感覚を研ぎ澄ます。――状況は差し迫っているが、見方を変えればそう悪くはない。防壁との距離が縮まったことで今までよりも敵の気配をつぶさに感じ取れる。頼るべきは目よりも耳。壁面を疾駆する敵の足音こそ、今は最大の手掛かりとなる。

「――――」

音の響きに意識を集中すれば、ホーン隊の誰かが正面の壁を下から斜めに駆け上がっているのが分かる。狙い撃つには情報が足りないが、おおまかにどこへ向かっているかは判別できる。であれば可能だ――その進路上に、ちょっとした小石を置くことぐらいは。

「**貫き爆ぜよ《フラルゴ》**」

カミラの杖《つえ》から放たれる一発の炸裂《さくれつ》呪文。意念《イメージ》を貫通力に寄せたことで、それは壁を貫いた直後に空中で爆発する。壁を抜くために魔力の大半を使っているので大した威力はないが、進路上で爆発があれば敵は必ず反応する。まして踏み立つ壁面《ウォールウォーク》による疾走中なら、急激な方向転換にせよ減速にせよ歩法の維持を妨げるのにじゅうぶんだ。結果、これまで騙《だま》し続けてきた重力がその体を捉え——抗《あらが》いようなく、地に落ちる。

足元の魔法地図にぽつりと点が灯《とも》る。その瞬間、分厚い壁を透かして、彼女は確かに獲物の姿を捉えた。

「集えよ風よ《フォルティス》　吹き荒れ攫え《インペトウス》！」

ひたと宙に据えた杖《つえ》先より放つ烈風の一射。——殺傷範囲は左右に長く。獲物との距離はこれまでで最も迫り、その体勢は落下直後の不安定な状態にある。どう動いたところで躱《かわ》せない。命中《ヒット》の確信を追って、型で抜いたような楕円《だえん》に壁が切り取られた。

「……当てたのか……？」

ぴたりと止《や》む壁越しの足音。別の方向を警戒しつつ、トマスが横目で穴の向こうを覗《のぞ》き込む。撃ち倒された敵の姿をそこに予想して——しかし、カミラは一足先に答えを得ている。

「——フゥ」

ナナオ＝ヒビヤがそこにいた。片膝を地面に突き、右手に握った刀を突き出した姿勢で、些《いささ》かも衰えぬ闘志を瞳に宿して。その光景がそのまま、カミラの先の一射の結果を物語る。

「……やるぅ」

口から自《おの》ずと称賛が零《こぼ》れた。……自負に違わず、彼女の狙撃は完璧に近かった。魔法の速度と威力は言うに及ばず、機においても躱《かわ》すことも防ぐことも至難のタイミングを選び抜いていた。その上で失敗の可能性があるとすれば、それはただひとつ——着地の瞬間を狙われることを見越して、足が壁を離れたその時点から、相手が相殺のための二節呪文を詠唱し始めていた場合のみである。

「「爆せて砕けよ《フラルゴ》！」」

間髪入れず、カミラの穿《うが》った穴からふたつの影が飛び出す。最後の防壁を潜《くぐ》り抜けたオリバーとユーリィが呪文で敵を牽制《けんせい》、すかさず左右に分かれて二方向から距離を詰め始めた。ふたりの中央からナナオも後に続き、防衛線の決壊を見て取ったカミラが鋭く声を上げる。

「行け、大将！」

「すまん！——仕切りて阻め《クリベウス》！」

せめてもの援護に小さな防壁を残し、リーベルトが身をひるがえして走り出す。この間合いからの三対三で彼らに勝ち目はなく、すでにチーム全員の離脱が望める状況でもない。よって役割を受け持ったひとりを逃がし、他のふたりは残って盾となる。これも初めから決まっていた分担だ。

淡々と杖《つえ》を構えたカミラの隣にトマスが並んで立つ。さっきまでの狼狽《ろうばい》ぶりが嘘《うそ》のように、その表情はひどく落ち着いている。東方《エイジア》の少女を捉え損ねた先の狙撃はしかし、相棒の動揺を完膚なきまでに吹き飛ばしていた。

「悪ぃ。頭冷えた」

「あっそ。弾重ねて」

素っ気なく言葉を交わすふたり。左右からオリバーとユーリィが回り込んでいたが、そちらは「塔」の支柱とリーベルトの残した防壁が束《つか》の間《ま》の盾となる。それが破られた後のことはもはや考えず、二本の杖《つえ》が狙うのはあくまでもナナオ＝ヒビヤのみ。魔法使いの直感が告げていた。片腕の負傷を含めてなお、最優先で落とすべきは彼女だと。

「**火炎盛りて**《フランマ》」「**氷雪猛りて**《フリグス》**！**」

相手の接近を待ってふたりが繰り出したのは、阿吽《あうん》の呼吸で呪文を連ねての二重攻撃。先を行く魔法が対抗属性で防がれても、その直後に正反対の属性が直撃する。全力で踏み込んだナナオにもはや左右への回避動作は取れない。彼女だけでは防ぎようのない攻撃が眼前に迫り、

「**火炎盛りて**《フランマ》**！**」

それを見越したオリバーが、横合いから呪文を割り込ませて後続の魔法のみを相殺《そうさい》した。先を行く魔法はナナオの対抗呪文が打ち消し、同時にユーリィが放った電撃がトマスの胸を貫く。カミラが狙撃用の白杖《はくじょう》から杖剣《じょうけん》に持ち替えるが、そこへナナオが肉薄――構える暇すら与えず相手の胴を抜いた。

「見事な射《い》にござった」

「そりゃどうも」

すれ違う一瞬、ふたりの間でそんな言葉が交わされていた。直後に輪《リング》の呪《まじな》いが発動。トマスとカミラが続けざまに倒れ、ホーン隊はそれを見届ける間もなく残る敵へとひた走る。

「——！」

オリバーが目を見開く。迫る彼らに何の対応もせず、リーベルトは杖剣《じょうけん》を足元へ向けていた。その位置は一階の真ん中、すなわち「塔」の基礎のちょうど中心に当たる場所。確信に近いひとつの予感が少年の背筋を駆け上り、

「——解体せよ《ディエクテイス》！」

それを裏切ることなく響き渡る敵の詠唱。呪文を受けた床が陥没してリーベルトを呑《の》み込み、そこを基点に支柱から天井まで一斉に亀裂が走る。崩壊の波は速やかに上階へと広がっていき、かくして城塞ゴーレムは建築から一時間を待たずに崩落した。

崩れ落ちた「塔」の瓦礫《がれき》で埋め尽くされた地面。もうもうと立ち込める砂塵《さじん》で数ヤード先も明らかではないその中で、ひとりの少年がきょろきょろと辺りを見回していた。

「——向こうから崩しちゃった。大丈夫かな、ふたりとも」

ユーリィ＝レイクである。いかに城塞ゴーレムといっても大きな建物には違いなく、完全に崩れ去るにはある程度の時間がかかる。瓦礫《がれき》に呑《の》まれる前に内部の人間が脱出する程度の猶予

はあった。が——迫る崩落に対して三人がそれぞれ別方向へ逃れたため、ユーリィには他ふたりの安否が確認できていない。大声で呼びたいところだが、すでにエイムズ隊が間近にいることを考えるとそれも憚《はばか》られる。

「上空のゴーレムに魔力波を送って……いや、それじゃダメか。上が見えないから広い範囲に放つことになるし、そうすると敵のゴーレムにも気付かれちゃうもんね。うーん、どうしよう——」

「……ここだ、レイク……」

仲間との合流手段を思い悩む彼へ、思いがけず間近から声がかかる。ユーリィが驚いて振り向くと、そこにあるのはうず高く積み上がった瓦礫《がれき》の山。聞き慣れた友人の声はその中から響いていた。

「……腕を挟まれた……瓦礫《がれき》を……」

「オリバーくん⁉　待ってて、今どけるから！」

慌てて走り寄るユーリィ。すぐにも呪文で助けたいところだが、まず相手がどういう形で埋まっているのか確認しないと始まらない。瓦礫《がれき》の隙間を覗《のぞ》き込もうと彼が身を屈《かが》めかけ、

「——え？」

その瞬間に「聞こえ」て、考えるより先に彼の体が飛び退《すさ》った。同時に瓦礫《がれき》が内側から弾《はじ》け飛び、そこから喉元目掛けて突き出される刃。ユーリィの杖剣《じょうけん》が危うくそれを受け流す。

「うわっと⁉」

「……防がれますか」

現れた影が一歩後退し、そのまま一足一杖《いっそくいちじょう》の間合いでユーリィと対峙《たいじ》する。前髪で両目を隠した少女――ジャスミン＝エイムズの姿を前に、彼はやっと状況を理解して口を開く。

「Ms《ミズ》．エイムズ……君の声マネ？　驚いたなぁ」

どこか呑気《のんき》な声で驚きを表すユーリィ。そこにエイムズが爪先からじり、と距離を詰める。

「貴方《あなた》も不可解ですが、時間がございません。――ここでご退場願います、Mr《ミスター》．レイク」

「よーし、やろう！」

ふたつ返事で頷《うなず》く少年。難敵の襲撃を、彼はむしろ嬉々《きき》として受けて立つ――。


「――どこだ、レイク！　返事をしろ！」

「ユーリィ殿ー！　何処《いずこ》にござるかー！」

同じ頃、オリバーもまた仲間の姿を求めて砂塵《さじん》の中を奔走していた。たった今ナナオと合流したことで声を控える必要性が薄くなり、合流を優先して近くにいるはずの少年へと呼びかける。と、ふたりの耳がふいに手掛かりを拾った。瓦礫《がれき》を靴底が踏みしめる音。彼らはすぐさまその方向へと駆け出し、

「――へぇ――」

果たしてそこで見届けた。好奇心に爛々《らんらん》と輝くユーリィの瞳と、その表情とは裏腹な首から下の光景。即《すなわ》ち、エイムズの杖剣《じょうけん》に真正面から胸を貫かれている彼の姿を。

「ユーリィ殿！」「……っ！」

すぐさま杖剣《じょうけん》を向けるオリバーたちだが、エイムズは輪《リング》の呪《まじな》いで気絶したユーリィの体を盾にして攻撃を牽制《けんせい》、さらに彼を突き飛ばしつつ後方に飛び退《すさ》った。追撃に走ろうとしたオリバーとナナオの足元で、敵の背後から飛んできた二条の電光が弾《はじ》ける。

「――滑り込みでございますが、ようやく御一人。……首の皮一枚残せてございますね」

ぽつりと呟《つぶや》くエイムズの後方。今なお立ち込める砂塵《さじん》の奥に、新たなふたつの影が現れるのをオリバーは見て取った。――前と同じく機動力に長《た》けるエイムズが先行し、それをチームメイトふたりが追ってきた形だろう。ユーリィが孤立した瞬間をまんまと狙われてしまった。

身構えるオリバー、ナナオの両者と距離を置いて向き合いつつ、エイムズは崩れ去った「塔」の残骸へちらりと目を向ける。

「それにしても、万全に備えていたリーベルト隊をここまで速やかに崩すとは。素晴らしいお手並みでございます」

「……彼らとの合流が間に合わないことまで含めて、君たちの作戦のうちか？」

砂塵《さじん》が晴れるまでの時間稼ぎも込みで、オリバーがちょっとした皮肉を相手に投げる。聞い

た少女が一瞬微笑《ほほえ》み、それから軽くため息《いき》をついた。

「いかにも――と嘯《うそぶ》きたいところではございますが、それは過大評価というもの。順序が逆にございましょう。あなた方がまだ残っている間に、他チームが脱落してしまうようでは」

取り立てて隠す意味も見当たらず、エイムズが自嘲気味に事情を明かす。彼女らにとっても漁夫の利を狙うにはまだ早い。リーベルト隊との合流は間に合わせなかったのではない、純粋に間に合わなかったのだ。もっとも先行したエイムズの到着すら塔の崩壊とほぼ同時であり、それ以前の戦況に介入するチャンスはなかった。

「とはいえ、Mr《ミスター》.レイクが脱落し、Ms《ミズ》.ヒビヤは左腕を負傷。……最善には程遠くございますが。この状況、最悪と嘆く程でもございません。

いささか前置きが長くなりました。それでは――予告通り、御首を貰《もら》いに参じます」

不敵な宣言を合図に動き出すエイムズ隊。薄れていく砂塵《さじん》の中、オリバーとナナオはそれを受けて立った。

「**仕切りて阻め《クリペウス》！**」「**斬り断て《ぐらでぃお》！**」

先手はホーン隊。開幕と同時にオリバーが前方に壁を打ち立て、その陰に飛び込んだナナオの切断呪文が壁越しに敵を薙《な》ぎ払《はら》う。リーベルト隊にさんざん苦しめられた戦法を用いての奇襲だ。エイムズともうひとりは詠唱に反応して躱《かわ》したものの、残るひとりの太腿《ふともも》を魔法の刃が抉《えぐ》っていく。

「っ……！」「ハァァッ！」

伴《とも》って輪《リング》の呪《まじな》いが発動。本来の負傷に相当する痺《しび》れを彼女の右脚にもたらし、それで足が鈍ったところにナナオの踏み込みが追い付く。割り込んだエイムズが危うく刃を受け止め、同じ相手へオリバーが放った呪文はもうひとりのチームメイトが辛《かろ》うじて相殺《そうさい》。それでどうにか窮地を脱し、エイムズ隊の三人は相手チームとの距離を取り直す。

「ごめん、ミン……！」

「いいえ。……しかし、やはり及びませんね。この三対二では」

最初の一合で不利を見て取ったエイムズが呟《つぶや》く。……ホーン隊のふたりが背中を預け合うことで互いの実力を最大限に発揮しているのに対して、彼女は仲間のフォローに回る分だけ攻めの鋭さを欠いている。ひとりが足を負傷した今、その傾向はさらに加速すると予想された。

このままチーム同士でぶつかり合っても勝ち目はない。冷静にそう判断した上で、エイムズはひとつの対策を考え――次いで、それを実現するための布石を打つ。

「……では。最後の花火をお願いしとうございます、Mr．ミストラル」

「……ケケッ……」

フィールド西側の岩陰、今の主戦場からは遠く離れた場所でミストラルが笑う。片足を負傷した彼にはもはや戦いに参加したくとも現場に駆け付けられない。だが――それはもちろん、彼が戦闘へ介入できないことを意味しない。

「どうせ魔力も空ッケツだ。ありったけバラ撒《ま》いてくぜェ！」

己を奮起させるように叫ぶミストラル。最後の力を振り絞る彼の脳裏に、今まさに戦場へ到着した二体の分身の視界が映し出されていた。


瓦礫《がれき》の山から同時に飛び出すふたつの影。南側から自分たちに迫るその気配を、オリバーとナナオは即座に感じ取っていた。

「む――」「……来たか！」

捕捉は容易だった。分身の乱入があるとすればこのタイミングしかない上、崩れた「塔」の周辺はゴーレム築城に魔石を吸われたことで極端に見通しが良くなっている。エイムズ隊との攻防でも入り組んだ地形に誘導されることは注意深く避け、その上であらゆる角度からの襲撃に備えていた。戦いの主導権を握っている今、彼らにはそれだけの余裕がある。

「分身は俺が警戒する！　構わずエイムズ隊を押し込め！」

「承知――！」

迷わず前進を続けるふたり。分身の攻撃手段は接近しての自爆のみと予測され、その機動力もオリバーとナナオには遠く及ばない。防戦一方のエイムズ隊を追って動いている間はそうそう近付かれることはないし、エイムズ隊が後退したタイミングを狙えば取って返して分身を片付けるのも難しくない。この状況に詐術《トリック》が介在する余地はもはやないのだ。

「ケケッ――」「――そう思うよなァ」

ミストラルの分身たちが誰知らずほくそ笑む。と、そこで戦況に変化が起こった。リーダーひとりをその場に残して、エイムズ隊のふたりが南側へ走り出したのだ。その行動にオリバーが眉根を寄せる。

「二手に分かれた？ ……分身と合流するつもりか」

三人がかりでも押されている時に、その戦力をさらに分ける――良手とは思えない判断だった。各個撃破を狙われる上、仮に分身と合流したところでミストラル隊ほど息の合った連携は望めない。いや、それ以前に合流できるかどうかが怪しい。エイムズが間近でサポートしていなければ、自分たちが彼女らを斬り伏せるのに時間はかからない。

「「お楽しみの時間だァ！」」

順当な判断からエイムズ隊のふたりを追おうとしたオリバーたち。が、その視界の中でミストラルの分身二体が同時に弾《はじ》け飛んだ。思いがけないタイミングの自爆に鼻白むオリバーだが、そこから広がり始めた多量の黒煙を目にして考えが変わる。

「……煙幕球か！」

分身二体にミストラルが持たせていた魔法道具、それが自爆に伴って作動していた。爆風に乗った黒煙が見る間に広がっていき、エイムズ隊のふたりはその中を目指してまっすぐ駆け抜ける。オリバーが速やかに判断を修正した。彼女らの背中に追い付くことは出来るが、その時には自分たちも煙の中だ。

「煙に巻かれるのは上手《うま》くない。エイムズのほうを攻めるぞ！」

「承知！」

すぐさま方向転換して北へ走り始めるオリバーたち。――この状況でもっとも避けたいのは、敵を追って入った煙の中でエイムズに背中を突かれること。であればそちらを先に仕留める。今なお実力の底を見せていない相手だが、いくらなんでもナナオとふたり掛かりで攻めて仕損じることはない。

今まではナナオが先行して南側のふたりを追う形だったので、反対側のエイムズを狙い始めると一時的に前後が逆になる。即《すなわ》ち、先を行くオリバーの背中を、やや間を空けてナナオが追う形。

何の問題もないはずのその並びを――しかし次の瞬間、地面からせり上がった壁が真っ二つに割った。

「――な⁉」「オリバー！」

ナナオにとっては眼前、オリバーにとっては背後に、その壁はまさに忽然《こつぜん》と現れていた。さしものふたりも即応できず立ち止まり、その一瞬をエイムズは見逃さない。目の前のオリバーへ一直線に斬りかかって鍔迫《つばぜ》り合《あ》い、同時に離れた位置の仲間たちへと叫ぶ。

「――機に、ございます！」

「**地を焼き焦がし**《フォルティス》 **炎熱は覆う**《フランマ》！」

南側から取って返したエイムズ隊のふたりが満を持して魔法を放つ。二発の二節呪文が壁に行く手を阻《はば》まれたナナオを襲い、これにはさすがの彼女も回避以外の選択肢を持たなかった。壁際から離れたことで壁越しのオリバーとはますます距離が開く。エイムズの刃を押し返しながら、少年がぎり、と歯を鳴らした。

「……リーベルトの仕業か……！」

「流石《さすが》にございますね」

少女の口から放たれる皮肉めいた賞賛。驚きを通り越して、オリバーはもはや感服している。この試合で自分たちを倒すために、彼らはどれほどの策を事前に練ってきたのかと。

「……見抜かれただろうな、今ので」

真っ向鍔迫《つばぜ》り合うオリバーとエイムズからそう遠くない地面の下。玄室じみた小さな空間の中、今しがた呪文を放った杖《つえ》を力なく下ろして、リーベルトは独《ひと》り言《ご》ちていた。

「どの道もう魔力切れだ。……仕留めろよ、エイムズ」

呟《つぶや》きつつ、目の前の壁をじっと見つめる。「塔」でホーン隊を迎え撃った時のそれに似た魔法地図がそこに描かれていた。ただし、それが示す場所はすでに崩れ去った「塔」の防壁の一帯ではない。そこから東に少し離れた地上の一部であり、オリバーたちが今まさに戦っている場所。三チームがかりの誘導によって彼らを追い込んだ決戦の地である。

自陣の「塔」を攻め落とされた場合に備えて、リーベルト隊にはいくつかの用意があった。ひとつ目が塔の自壊機能――これはもちろん敵を崩落の道連れにするためのもの。ふたつ目が地下の避難空間――所定の位置で自壊を命じた術者だけが入り込める逃げ道。リーベルトが今こうしているのはそれを使用したからだ。

そして三つめが、あえて「塔」からやや離れた場所に設定した城塞ゴーレムの感覚領域、及びそれが感知した対象を点として表示する魔法地図。これらは地下から戦況を把握するための仕掛けである。彼が今いる空間はそれほど深い場所ではないため、魔石鉱床の力添えがある一部の呪文に限れば、ここから唱えることで地上にその効果を及ぼすことが出来る。魔法地図で確認した他チームの位置情報を頼りにリーベルトはそれを行った。どの点がどのチームの誰であるかは、現在の戦況を踏まえて、地図上の動きをしばらく観察することで推測した。

この戦況におけるホーン隊の分断が、試合の結果にどれほどの影響をもたらすかは分からない。が、その結果がどう転ぶにせよ、彼の仕事はもう終わった。さっきの呪文で最後の魔力を使い果たし、もはや自力で地上への抜け穴を掘るだけの余力もない。後はエイムズ隊の健闘を期待しつつ運営の救助を待つばかり――そう思って壁に背中を預け、

「……む……⁉」

そんなリーベルトを、ふいに下からの強い震動が突き上げ――次いで、覚えのある浮遊感が彼の全身を包み込んだ。


地面の発光と強い震動を経て、体が天井に吸い込まれ始める。その瞬間からもう、オリバーとエイムズの対応は始まっていた。

「フッ――！」「シッ――！」

まず鍔迫《つばぜ》り合《あ》っていた杖剣《じょうけん》を互いに押し込む。その反動で空中の間合いを開けて、間髪入れず詠唱に移行。

「**火炎盛りて《フランマ》―切り裂け刃風《インペトゥス》―雷光疾りて《トニトゥルス》！**」

「**氷雪猛りて《フリグス》―凝り留まれ《プロイベーレ》―夜闇包みて《テネブリス》！**」

互いにもはや足は地に着いておらず、それ故に戦いは足を止めての撃ち合いに等しい。いくつもの魔法が空中でぶつかり合い相殺《そうさい》し、その間にも落下の終点である天井は近付く。熾烈《しれつ》な撃ち合いの傍《かたわ》ら、両者が着地に備えて姿勢の上下を入れ替えていき、

「『勢い減じよ《エルレタダウス》!』」

接地ギリギリのところで減速呪文を詠唱。着地と同時に横へ転がって衝撃を分散し、速やかに立ち上がって互いへ杖剣《じょうけん》を向け合う。地上から落ちてきた岩々が重い雨となって周りに降り注ぐ中、そうして再び対峙《たいじ》してみれば、ここまでの対処は鏡に映したように同一だった。

「御見事。——その反応では、貴方《あなた》もとうに気付いておいででしたか」

「ああ。……狙い撃ちされたおかげで、フィールドを広く見る必要があったからな」

エイムズの言葉に、周辺の状況へ気を配りながらオリバーが応じる。彼らがこれまで戦っていた岩場と比べて、今立っている天井は全体に凹凸がほぼない緩やかなすり鉢状。大規模な逆さ魔法の発動によって地形の上下が逆転した結果である。

突然の出来事ではあったが、予測がまったく出来なかったわけではない。前提としてキンバリーがこの手の大仕掛《おおじか》けを好むという認識があり、その上でフィールドの地形を観察すれば見て取れる違和感は確かにあった。その最たるものが魔石鉱床の分布の規則性。偽装《カモフラージュ》も為《な》されていたので現場で一見しただけではまず分からないが、上空からの観測で把握した地図に岩場が隆起した部分を線で記していけば、それがある種の図形として浮かび上がってくる。即《すなわ》ち、巨大な魔法陣である。

「試合の終盤に起動するだろうとは予想していた。が——おそらくMr.《ミスター》・リーベルトが大量の魔石を使って塔を建てた影響だな、陣の一部が機能不全を起こしている。こうして上下に分かれるとは思わなかった」

「オリバー！」「ミン！」

上空から降ってくる声は、今なお地上に残るナナオとエイムズ隊のふたりのもの。逆さ魔法の発動時にオリバー、エイムズの両者に比べて「塔」の残骸に近い場所にいた彼女らは、魔法陣が機能不全を起こした範囲にいたことで引き続き地上に留まっていた。が、そちらに目を向ける余裕はないまま、対峙《たいじ》するふたりが頭上の仲間へと叫ぶ。

「逆さ魔法の効果範囲に入るな！　落下中を狙い撃ちされるぞ！」

「援護は無用にございます！　貴方《あなた》がたはMs《ミズ》．ヒビヤの御相手《おあいて》を！」

自分の戦いに集中するよう互いのチームメイトに指示を出す。と――頭上から降り注ぐ岩に混じって、彼らの近くにひとりの生徒が落ちてきた。地下の空間ごと天井へ吸い上げられたリーベルトである。落下の衝撃で輪《リング》の呪《まじな》いが発動して意識を失った彼の姿を横目に、オリバーがぽつりと呟《つぶや》く。

「Mr《ミスター》．リーベルト……さすがに魔力切れか。さっきの分断で最後の魔力を振り絞ったな」

「そのようでございますね。彼もMr《ミスター》．ミストラルも、最後までよく働いてくださいました」

エイムズが労《ねぎら》いを口にし、オリバーはそこに出たもうひとりの人物を意識する。……分身の運用で魔力を大量に使ったミストラルも、今ごろ同じ天井の西側で気を失っているかもしれない。仮に気絶を免《まぬが》れていたとしても、もはや戦況に介入するだけの余力はないと言い切れるが。

「その労に報いるためにも。彼女らが粘っていられる間に、貴方《あなた》との決着を付けたくございます」

宣言と共に構えを変えるエイムズ。気配の鋭さが跳ね上がり、オリバーは肌にびりびりとそれを感じる。……四チームでの長い戦いを経て、今や戦況はシンプルに煮詰まった。即《すなわ》ち——ここで相手を斬り伏せて地上に戻った者のチームが試合を制する。

今にも飛び込んで来そうな相手に、少年もまた、重心をやや前に寄せて備える。

「ここにきて真っ向勝負か。……相当使うな、君は」

「Ｍｓ《ミズ》．ヒビヤが相手ではこうも参りませんが。幸いと、戦うのが貴方《あなた》でございますので」

不敵な笑みを浮かべるエイムズ。これから戦う相手を東方《エイジア》の少女より一段低く見るその態度は、しかしオリバーに少しの怒りも呼び起こさなかった。代わりに苦笑を浮かべて応じる。

「無用の挑発だ、Ｍｓ《ミズ》．エイムズ。それは君の柄じゃないだろう」

そうして暗に伝える。ナナオが上でふたりを仕留めるまでの時間稼ぎなど考えもしない。心にもない言動で引き留めずとも、この一騎打ちに背を向ける気など毛頭ないと。彼のその意思を受け取った瞬間——エイムズの口元から、張り付けていた笑みがすっと消え去った。

「……無粋を申しました。今の失言は、どうか忘れて頂きたく」

彼女がそう告げた刹那、ごうと吹き上げる風に長い前髪が躍《おど》った。露《あら》わになった両眼が鮮烈な狂気を宿して輝き、つり上がった口元は余りにも歪《いびつ》な弧を描く。

「……！」

「代わりに――お見せしましょう。エイムズの魔剣を」

さっきの薄っぺらな演技とはまるで違う、それはこの魔境《キンバリー》でオリバーが幾度となく目にしてきたもの。己の勝利を露ほども疑わぬ傲慢。正真正銘の魔法使いの笑みが、そこに浮かぶ。

「――なんと、ここにきてフィールドの仕掛《ギミック》けが発動！　全域で展開した逆さ魔法によって数名の選手たちが天井へ吸われました！　この最終盤にまたしても波乱だァ――！」

テンションが最高潮に達しつつあるグレンダの実況。そんな彼女をよそに、試合の光景を見つめるゲスト席のウォーレイが眉根を寄せる。

「それはいいが……砂埃《すなぼこり》がひどいな。天井に落ちた連中の動きが見えない」

その言葉が観客たちの不満を代弁した。監視ゴーレムから送られてくる映像の中、逆さ魔法の展開前に地上だった側から大量の砂埃《すなぼこり》が落ちていき、オリバーとエイムズが対峙《たいじ》する天井側の視界を覆い隠しているのだ。観客席のあちこちでブーイングが上がり、ガーランドが困ったように頭を掻《か》く。

「これは私の落ち度だな。逆さ魔法の展開後も、ここまで視界が悪くなるはずではなかったが……Mr《ミスター》.リーベルトが広範囲の地面をかき回したことで、こちらの想定以上の瓦礫《がれき》や砂塵《さじん》が発生している。陣の機能不全も含めて、これは今後の改善点としておこう」

運営の至らなかった点を認める魔法剣の教師。その一方で、ゲスト席のミリガンは厳しい面持ちで砂塵《さじん》の奥を見つめる。

「見えないのは残念だね。この勝負——おそらく、視界が戻る前に決まるよ」


まず、魔剣ではないものとする。エイムズと向き合うオリバーの、それが第一の思考だった。

理由はごく単純で、そうであれば最初から勝ち目はないからだ。自分も対抗して魔剣を、というわけにはもちろんいかない。あれを使えるのは周りに余人の目がなく、なおかつ確実に相手を殺すと決めている時だけ。この試合はあらゆる面で条件に合致しない。

第二に、ただの虚勢《ハッタリ》でもないと考える。根拠は他でもない、チームメイトのユーリィが彼女に倒されていること。あの直感と閃《ひらめ》きのお化けのような少年に刃を届かせる——それはどんな術理を用いても決して容易なことではない。試合前の練習でオリバーもさんざん体験したが、彼は自分が知らない技を当たり前のように躱《かわ》す。たとえ完全な意表を突いても、彼自身にすら分からない原理で体が反応してしまうのだ。

もちろん完全無欠というわけではない。事実、練習の時にはオリバーやナナオの攻撃も何度となく彼に届いている。ただ、それは長時間の打ち合いによってユーリィを体力的に消耗させたケースが大半であり、序盤戦での短期決着は極めて少ない。原理不明の直感に体の動きが追い付く限りにおいて、ユーリィの仕留め辛《づら》さはおそらく上級生ですら舌を巻くほどだ。が、エイムズはそんな彼ですら瞬《また》く間《ま》に仕留めてのけている。

立ち合いの一部始終を見届けたわけではない。だが、それが極めて短いものであったことは状況から見て取れる。ふたりを見つけた時に「塔」の崩落からそう長くは経過していなかったし、それまで呪文の撃ち合いや剣戟《けんげき》の音もついぞ耳にしなかった。早ければ最初の一合で、遅くとも数合のうちには決着した――オリバーは戦いの内容をそう推測している。

あのユーリィを数合のうちに沈める手段がある。たとえ魔剣でないとしても、その事実は紛れもなく警戒に値する。続けて考察するべきは、それがどういった質のものであるかだ。

「…………」「――――」

互いの間合いに踏み込むまでのわずかな時間を観察に当てる。目の前のエイムズが取るのはリゼット流中段「電光」の構え。身内ではシェラもよく用いるその戦型は、ユーリィとの一戦を踏まえた場合、オリバーの分析と多くの点で合致する。

決着の瞬間に駆け付けた時、ユーリィは正面から胸を貫かれていた。これはつまり、受けることも躱《かわ》すことも出来ずに真っ向から刺突を受けたということ。それを可能とする構えの第一候補としては、素早い踏み込みと鋭い刺突を持ち味とするリゼット流――中でも最速を誇る「電光」を誰もが挙げるだろう。ユーリィがどんな形で仕留められたにせよ、その術理には

「速さ」が含まれると考えるのが自然だ。ここまでの戦いで見て取れたエイムズの流儀《スタイル》はラノフ流とリゼット流の併用なので、その点でも状況と矛盾しない。

この論理から導かれる敵の切り札とは、即《すなわ》ち——高速の刺突。もちろん実現できる速度には限界があるので、高度なフェイントを交えた突き技と見るのが妥当だろう。オリバーが知識のみで知る第二魔剣ならそれすら無用だろうが、今回に限ってその可能性は無視すると最初に決めている。

「……フゥ……」

攻防のバランスを重視したラノフ流の中段から「電光」に対して先手は取れない。故に、予想した一撃へ正しく対応できるかどうか。その反応の精度がオリバーの勝敗を決める。

刺突への反応が遅れてはならず、さりとて先立つフェイントに釣られてもいけない。呼吸から重心移動、目配りに至るまで敵のあらゆる挙動を観察。少し先の刹那に訪れる攻撃の兆《きざ》しを見逃さず摑《つか》み取《ど》り——その上で後の先《カウンター》を取る。ひとつの誤りも許されない綱渡りだが、勝ちへの道筋はそれしかない。

「……ッ……」

言うは易《やす》い。が、実行する立場となっては途方もない難度に吐き気すらこみ上げる。自分の目がふたつしかないことが疎《うと》ましい。これほどの手練《てだ》れの動きを見極めるには、両目を皿にしてもなお足りない——。

――ほーら、またそのクセが出た。

過剰な集中がもたらす耳鳴りの中、ふいにその声が耳に蘇《よみがえ》る。胸をぎゅっと締め付ける、泣き出したいほどの懐《なつ》かしさと共に。

――あー、泣かない泣かない。仕方ないんだよ、ぜんぶの人間が大抵持ってるクセだからさ。焦《あせ》って直せるもんじゃないし、直したつもりでいるのも危ない。エドなんて今でもダメダメだぞ。気長に寄せていこーぜ？

憶《おぼ》えている。彼女と同じことがしたいのに、出来ない――それがどうしようもなく悲しくて悔しくて、あの時の自分は泣いたのだ。今も鮮やかに思い出せる。自分の頭をわしゃわしゃと掻《か》き混《ま》ぜる、あの温かな手の感触まで。

――でもね、ノル、これだけは憶《おぼ》えておいて。……本当に追い詰められた時、魔法使いが最後に頼るのは「目」じゃない。それは自分の世界そのものなんだって――。

母の声が背中を押す。それで緊張を解かれ、目に見える全てに針を刺して回ることを止めて、オリバーはただ自分の世界を感じ始める。その内側に、余すことなく己を広げていく。恐れはなかった。だから——目をゆるく開けたまま。その視界を、彼は意識の脇によけた。

「——ああ——」

広げた自分の中を、硬く、鋭いものが動くのを感じる。それを捉えているのは目ではなく、また他の五感のいずれでもない。その中の出来事を識《し》るために、もとより感覚器を介する必要などない。己が掌握している領域それ自体を指して、魔法使いは「自分」と呼ぶのだから。

「——遅い」

勘違いをすぐに悟った。感じるままに体が動いた。左手で手首を押さえて切っ先を逸《そ》らし、右足から相手の側面に踏み込んで首筋を薙《な》ぐ。……大した速度は要らなかった。ただ、相手よりも少しだけ速ければ事足りた。

脇によけた視界のほうでは、ここまで来てようやくエイムズが刺突に動き始めていた。……少しだけ背筋が寒くなる。今も目を皿にしていれば、自分はきっと、それを凝視したまま胸を貫かれていただろうから。

「……御見事……」

間近で声が響き、力を失った相手の体が前のめりに倒れ伏す。それでやっと脇によけていた視界を正面に戻して、オリバーは自分が斬り伏せた少女の姿をそこに見届ける。

「恐ろしい剣だった。……この勝利は俺の誇りだ、Ms《ミズ》．エイムズ」

厳かにそう告げる。相手の研鑽《けんさん》への敬意に加えて、今一度母の声を聞けた――そのことへの感謝を胸に。


エイムズを降《くだ》したオリバーが地上に戻ってナナオと合流すると、そこから先はもはや波乱もなく状況が進んだ。エースを失ったエイムズ隊のふたりはもはやホーン隊に抗《あらが》う術を持たず、二分と経《た》たないうちに両者が続けざまに脱落。その時点でフィールド天井の西側に辛《かろ》うじて生き残っていたミストラルもまた、杖《つえ》を逆手に握って腕を掲げることで降参を伝えた。

「試合終了ゥ――！　四チーム中三チーム脱落、よって生き残ったホーン隊の勝利です！　終盤に一部状況が見えなくなるアクシデントはありましたが、全選手の健闘は疑う余地なし！　本戦一戦目に相応《ふさわ》しい名勝負だったと言えるでしょう！」

実況席のグレンダがハイテンションのまま試合の総括を始める。すぐさまミリガンがそこに乗っかった。

「うんうん。ホーン隊が最後まで狙い撃ちを凌《しの》ぎ切った形だけど、他三チームの作戦も見応えがあったね。リーベルト隊がゴーレム築城で地形の前提を覆《くつがえ》すところに始めて、エイムズ隊は急襲による攪乱《かくらん》、ミストラル隊は分身と変化を駆使しての足止めを担《にな》う。序盤にナナオ君の片腕を取ったことも含めて、試合の流れそのものはおおむね彼らに有利だったはずだ」

「それでもホーン隊が崩れなかったのは、彼らが的確な対応で迅速に動き続けて他チームの合流を許さなかったことが大きい。最初のミストラル隊との戦闘でも、その後のリーベルト隊との射撃戦でも、もう少し手こずっていればエイムズ隊が戦いに介入していたはず。そうなれば状況はかなり厳しくなっていただろうな」

ガーランドが腕を組んでホーン隊の勝因を分析する。彼がゲスト席に視線を向けると、ウォーレイがぶすっとした顔で口を開いた。

「……ホーン隊の対応力は認める。とはいえ、そもそも無駄な苦労を背負い込んだという印象は拭えない。三対一を綱渡りで凌《しの》ぐくらいなら、事前の根回しで二対二に持ち込んだほうが遥《はる》かに楽だったはずだ。そこは彼らの驕《おご》りであると重ねて言っておきたい」

「うーん、あまり盤外戦術を推奨するのもどうかと思うけどね？　いくら今回はお祭りムードで黙認されていると言っても、いつもの決闘リーグであそこまで露骨にやったら警告が入るよ。勝ちに執着するのも結構だけど、そもそも互いの技術を切磋《せっさ》琢磨《たくま》するための試合であることは忘れないでもらいたいなぁ」

隣の席からの反論に、ウォーレイが一度は言い返しかけて押し黙る。今は何を言っても負け惜しみになると悟ったからだ。それを分かった上でミリガンもにやにやと含み笑う。ともかくも——自分が指導した後輩のチームが激戦を制したことで、ここでは彼女が次期統括候補としての存在感を示したと言えるのだった。

途中で脱落した生徒たちの救助も順調に進み、試合終了から三十分後にはもう参加者全員が校舎に撤収を済ませていた。校内が試合の感想で持ち切りになる中、臨時で設けられた休憩室のベッドの上で、ユーリィがぱちりと目を開く。

「……あれ？　ここどこ？」

「目が覚めてござるか、ユーリィ殿」

まず見覚えのない天井が、それから傍《かたわ》らで目覚めを待っていたチームメイトふたりの顔が目に入る。それで状況をいくらか理解して、ベッドで上体を起こしながらユーリィが尋ねる。

「オリバーくん、ナナオちゃん。試合はどうなったの？」

「他チームが全滅して俺たちの勝ちだ。最後まで厳しい戦いだったがな」

チームの勝利を伝えたオリバーがふぅと息を吐く。それを聞くと、ユーリィはベッドの上に両手を突いて彼に向き直った。

「そっか、勝ったんだね。あ——じゃあさじゃあさ、Ms《ミズ》．エイムズのあれは見た？　おもしろいんだよ！　見えてる彼女は動いてないのに、実際の彼女はゆっくり動いてるんだ！」

「術理を見抜いていたのか!?」「何の話にござるか？」

首をかしげるナナオの隣で、オリバーの両目が驚愕《きょうがく》に見開く。——ユーリィが何の気なしに語った内容は、まさにエイムズの切り札の本質を表すものだ。

ごく端的に正体を言えば、あれは性質として幻術に近い。「敵に現実とは違うものを見せることで間違った対応を誘発する」という効果は同じだ。が、そこに至るまでの仕組みに目を瞠《みは》るものがある。

というのも、本来なら詠唱なしの領域魔法だけで複雑な幻は作れないのだ。ミストラル隊の用いた影分身でさえ構築に一節の詠唱を必要とし、仮にあれが目の前に現れても精度の問題から一目で偽物《にせもの》と分かってしまう。「幻を見せて敵を欺く」という手法には相応の手間を要するのが常識で、それ故に魔法剣の攻防で用いられることは極めて少ない。が、エイムズの切り札はその常識を覆《くつがえ》していた。それはどのような術理によるものか？

答えは至ってシンプルだ。現実と異なる幻を作るのではなく、彼女は相手が目にする現実を遅らせることでそれに代えた。より具体的には、領域魔法の範囲内における全ての光の速度を一律に落としたのである。これで相手の目にはほんの一秒ほどエイムズの動きが遅れて知覚され、彼女はその間にゆっくりと刺突を繰り出す。速く動けば視覚以外の情報、例えば足音や気流の乱れから本当の動きを気取られてしまうからだ。オリバーが「遅い」と思ったのはそのままの意味である。

ナナオが説明をせがむので、オリバーはひとまずここまでの話をまとめて伝えた。目を輝かせてそれを聞いていた東方《エイジア》の少女が、そこでいちばん大事な部分を尋ねる。

「成程、成程。然《しか》らば、オリバーはどうやってその術を破ったのでござるか？　今の話を聞く限りでは、貴殿の目にもエイムズ殿の動きは遅れて見えていたのでござろう？」

「ああ、そうだ。……だから、あの時は視覚を当てにしなかった。全ての魔法使いが持つ自分の世界、即《すなわ》ち領域魔法の範囲内における現象把握だけで相手の動きを追ったんだ。……五感で捉えずとも、『この中』で起こることは何となく分かる。君たちだってそうだろう？」

　両腕を軽く広げて「その領域」を示しつつオリバーが言う。――以前からも度々話に出ていたように、魔法使いの「自己」に対する認識は普通人と大きく異なる。そのもっとも顕著な一例が個々人の持つ「領域」の存在である。これは領域魔法の発動可能範囲とイコールであり、魔法使いは往々にしてこの内側を含めて「自分」と見なす。

　自分の中で起こることは把握出来て当然なので、極論すれば、この範囲内での出来事を知るために五感は要らない。知覚の精度は本人の素質と訓練次第で高めることが可能で、達人の域ともなれば背後に落ちる雨粒の数すら数えられる。オリバーの母がそうであったように。

「エイムズの技が巧妙だったのは、光を遅らせるという効果の意外性に加えて、構えや直前の言動による誘導で相手の注意を視覚に寄せていたことだ。……『電光』の構えから高速の一刺しが来ると思えば、魔法使いなら誰だってその動きを捉えるために集中する。それがすでに罠《わな》なんだ。彼女の魔法で光そのものが遅くなっている以上、どんなに目を凝らしてもエイムズの動きは決して捉えられない。それが見える頃にはすでに胸を貫かれているのだから」

そう言ってひとまず解説を結ぶ。彼の話でますます興奮し、なおも根掘り葉掘りエイムズとの戦いについて尋ねたがるナナオを、オリバーは宥《なだ》めるように手を翳《かざ》して止める。

「ちょっと待ってくれナナオ、話を一旦元に戻す。……やはり納得がいかないぞ、レイク。君はMs《ミズ》.エイムズの技の仕組みを見抜いていた。では、あの時はなぜやられたんだ？」

「うん、それがね……。どうなるんだろうってわくわくしてたら、うっかり躱《かわ》すのを忘れちゃったみたい。ごめんね！」

「うっかり忘れた⁉ いよいよごめんでは済まないぞそれは！ 君が先に落ちてから俺たちがどれだけ苦労したと――」

悪びれないユーリィへの説教に突入するオリバー。と、そこに休憩室の入り口から誰かが駆け込んできた。部屋の一角に三人の姿を見つけた縦巻き髪《ロールヘア》の少女が、途端にぱっと顔を輝かせる。

「ナナオ、オリバー、Mr《ミスター》.レイク！ 見事な勝利でしたわね！」

「おお、シェラ殿」「おっと――」

相手の返答を待たず、ナナオとオリバーを諸共に抱きすくめる形でシェラが飛び付いた。いつにも増して熱烈な彼女の抱擁に、それを見ていたユーリィが羨まし気な声を上げる。

「あっ、いーなぁ。シェラちゃん、ぼくにハグは？」

「二年後でしたら検討して差し上げますわよ」

抱き締めた友人たちにぐりぐりと頬を寄せながらシェラが言う。満足いくまで数十秒もそれを続けた後、彼女はやっとふたりを解放してユーリィに向き直った。

「……けれど、あなたもやりますわね。率直に興味もありますわ。どういう鍛え方をすればあのような動きが身に付くのですか？」

「うーん、色々あるけど……よく食べて、よく遊んで、よく寝る。やっぱりこれだね！」

「健康の秘訣《ひけつ》を尋ねたわけではないのですけれど」

親指を立ててみせる少年にため息をつくシェラ。もはやとぼけているのか天然なのかさえ分かりかねる。ともあれ彼への質問は一旦そこで切り上げ、縦巻き髪《ロールヘア》の少女は友人たちの前で踵《きびす》を返《かえ》した。

「三人とも、体に問題がなければ観戦席へ行きましょう。そろそろ次の試合が始まりますわよ」

「ああ。――カティたちの試合だな」

オリバーもこくりと頷《うなず》く。彼の試合はひとまず終わったが、友人たちの戦いはこれから始まるのだ。

「……ど、どきどきする」

刻々と迫る試合開始の時。チームで案内された控え室の中、カティが両手で胸を押さえて呟《つぶや》く。隣のガイがその肩を軽く叩《たた》いた。

「力抜けって。のびのびやろうぜ。どうせ他のチームは大体おれたちより強ぇんだから」

「どうかな」

声が鋭く響いた。手持ちの魔法道具を点検しながら、ピートが言葉を続ける。

「魔法使いの、チーム戦の、それも乱戦だ。……比べる『強さ』はそう単純なものじゃない」

「……はは。頼もしくなったなぁ、おまえ」

ガイの手がくしゃりと頭髪をかき混ぜ、眼鏡の少年がそれを軽く払いのける。と、そこで部屋の入口に立つ上級生から声がかかった。戦場へ入るよう促された三人が互いに顔を合わせる。

「時間だね。——行こう」

「ああ」「よし、ひと暴れしてくっか！」

杖剣《じようけん》を重ねて言い交わし、その足で部屋の奥の壁に掛けられた絵画へと飛び込んでいく。暗闇を落ちていくこと数秒、ふいに足の裏が柔らかい草地を踏んだ。水気のある空気が鼻腔《びこう》に滑り込み、三人は明るく開けた周囲の景色を見渡す。背の低い草木が生い茂る地面、その全周をぐるりと囲む形で水場があった。

「……ここ……」

「なんか、のどかな場所に出たな」

　そんな感想を漏らすガイをよそに、カティはすぐさま近くの水面に駆け寄ってしゃがみ込む。波は静かで、水の透明度は高く、水深も相当に深い。手ですくった水を、少女がぺろりと舌で舐《な》める。

「……淡水だ」


「――各チームが第二試合のフィールドに到着！　今回の舞台は湖水地帯、大きな湖の中に密集した浮き島の戦場です！　解説にはお馴染《なじ》みガーランド先生に加えて、今回はMs《ミズ》．イングウェとMs《ミズ》．アルブシューフに来てもらいました！　わぁ空気悪ぅい！」

　前の試合でミリガンとウォーレイが座っていた席に、今回もまたふたりの上級生が並ぶ。その一方、レセディ＝イングウェが鋭い目つきで投影された戦場を睨《にら》んだ。

「……なんだこのフィールドは。踏み立つ湖面《レイクウォーク》を習得していない二年生に不利すぎるだろう」

「眉間にシワを寄せるのはやめなさい、レセディ。凜々《りり》しい顔が勿体《もったい》ない」

　隣に座るエルフの七年生、キーリギ＝アルブシューフがまとわりつくように声をかける。レセディの右手が問答無用でその顎を鷲摑《わしづか》みにした。

「黙れ。二度と喋《しゃべ》るな。さもなくば呼吸とまばたきと心臓を止めろ」

「ゲストが喋《しゃべ》ってくれないと困るんですけどぉ！」

グレンダが悲鳴じみた声を上げたので、レセディが鼻を鳴らしてキーリギの顔から手を離す。一方で、教え子の先の発言を受けてガーランドが口を開いた。

「Ms《ミズ》．イングウェの懸念《けねん》はもっともだ。が——安心して欲しい。学年分のハンデはきちんと準備してある」

そう言いつつ男が白杖《はくじょう》をひと振りする。途端にその声が戦場《フィールド》へ響き渡った。


「——実況席のガーランドだ。聞こえるか、戦場《フィールド》内の生徒たち」

上空から響いた声にカティたちが耳を傾けた。少しの間を置いて説明が続く。

「今回の舞台は見ての通りの湖水地帯。踏み立つ湖面による水上歩行《レイクウォーク》を覚えている三年生が大幅に有利なことは言うまでもない。よって、その分のハンデを言い渡す。

君たちの周りの湖には多くの魔法生物が棲《す》んでいる。種類は多様であり、中には人を襲うタイプの生き物も含まれる。が——そうした危険な生き物は、君たち参加者のうち、例外なく三年生にのみ襲い掛かる。二年生が襲われることは決してない」

む、とピートが顎に手を当てた。——これは思ったより大きなハンデだ。二年生は生徒間の戦いにのみ集中できるが、三年生は魔獣の襲撃にも常に警戒しなければならない。

「もちろん君たち同様、それらの生物にも不殺の呪いは掛けてある。これが今回のハンデだ。各チームにはこの条件を踏まえた上で勝利を目指してもらいたい。——説明は以上。健闘を祈る」

説明が終わり、戦場に沈黙が下りる。近くの茂みの中へ素早く身を潜めつつ、ガイが小声で囁《ささや》いた。

「……おっ始まったか。けど、オリバーたちの試合とはずいぶん違うな」

「何にしても、まずは周辺状況の把握だ」

序盤戦の定石とばかりに、ピートがローブの中から偵察ゴーレムを取り出して空に放った。オリバーの用いるそれは鳥に近い形だったが、彼のゴーレムは飛蝗《バッタ》などの昆虫に似ている。空を飛ぶそれらで数分かけて地形を探索した上で、白杖《はくじょう》で空中に簡単な地図を描きつつ、ピートはこの場所の地形について語る。

「……ここは戦場《フィールド》の北西寄り。湖の中に六つある島のうちのひとつだ。霧は多少出てるけど遠くが見えないってほどじゃない。今のところ敵の姿は発見できない」

「近くに敵がいないなら慌てて動く必要はないよね。……ねぇピート、水中って探索できる？」

青い水面を見つめながらカティが問いかける。それを聞いたピートがにっと笑った。

「任せろ。ボクのは水陸両用だ」

そう呟《つぶや》いたピートが念じた瞬間、上空を飛んでいた偵察ゴーレム三体のうち二体が軌道を変じて水中へ潜り込んでいく。同時に変形した翼が鰭《ひれ》となって水を掻《か》き、魚と見紛《みまが》うスピードで水中を移動し始めた。魔道工学を学んだピートが独自に設計した仕組みである。

　空中ほど遠くは見通せないが、水の透明度が高いおかげで視界もそう悪くはない。そうして水中の探索を続けつつ、ピートが隣の少女へ白杖《はくじょう》を差し出す。

「杖を重ねろ、カティ。オマエに使い魔の視覚を流す」

「うん」

　重ねた杖を通して二体のゴーレムの視界がカティへ流れ込む。複数の視点からの情報で一瞬頭が混乱するが、同様の訓練は日頃から積んでいる。自分のまぶたは一旦閉じて、少女はふたつの視界で得られる情報に集中する。

「……二瘤蛙の卵……槍魚の群れ……棘昆布の茂み……その中に六目水蛇……ふんふん、こういうパターンか……」

　生態系の観察を続けながらカティが繰り返しうなずく。それから二十秒ほどで瞼《まぶた》を開き、彼女は結論付けた。

「……造ったのはバネッサ先生だね、ここ。デザインが完全にあの人の趣味だもん」

「へぇ。分かんのか、そういうの」

「二年もやり合ってれば嫌でもね」

複雑な苦笑を浮かべるカティ。が、一拍置いて、その表情が不敵なものに変わる。

「でも、今だけは悪くないかも。――利用できるよ、このフィールド」

「――うぉっ……！」

ふたりのチームメイトが見つめる中、水面にこわごわと足を乗せたディーンの体が飛沫《しぶき》を上げて沈み込む。慌てて地上に這《は》い上《あ》がってくる彼に、テレサは淡々と言い放つ。

「……もういいです。分かりましたから」

「ちょ、ちょっと待て！　もう一回……！」

「諦めよ、ディーンくん。わたしだって出来ないんだから」

リタが宥《なだ》めるように告げる。二年生の大半は踏み立つ湖面《レイクウォーク》を習得しておらず、この面子《めんつ》でもテレサ以外は水上歩行が出来ない。三年生たちと同じように立ち回るわけにはいかず、リタが腕を組んで考え込んだ。

「湖面を歩けない不利はやっぱり大きいね。最悪、テレサちゃんだけ別行動って手もあるけど……」

「私は構いませんが。それだとあっという間にやられるでしょう、あなたたち」

テレサが鼻を鳴らして言い放つ。それを聞いたずぶ濡《ぬ》れのディーンが俯《うつむ》いて黙り込み、数秒の後、ふいに身をひるがえして再び水中へ飛び込んだ。

「ディーンくん？」

リタが驚いて目を向ける。水中からぶくぶくと気泡と共に浮かび上がったディーンが、水面から顔だけを出した状態で口を開く。

「水面がダメなら水中だ。泳ぎは大の得意だぞ、おれぁ」

テレサとリタが顔を見合わせた。――確かに。この条件なら、いっそその手もある。


同じ頃、アンドリューズ、ロッシ、オルブライトら三人のチームも地形の観察を終えて、次の行動に移り始めていた。

「――時計回りに片付けていく。構わないな？」

シンプル極まりない方針を提案するアンドリューズ。それを聞いたオルブライトとロッシが同時に肩をすくめる。

「好きにしろ。どう動いたところで同じだ」

「ボクは構うわー。反時計回りのほうが好きやねん」

ロッシの天邪鬼《あまのじゃく》は聞き流し、アンドリューズが先頭に立って歩き始める。他のふたりもその背中に続いた。晴れた日の散歩道でそうするように堂々と。

「小細工は要らない。見つけた端から倒す、それだけだ」

他チームの初動とは一線を画するアンドリューズ隊の動きに、観客席も大きくざわめいた。

「――おおっとォ!? アンドリューズ隊、四チームの中で唯一まったく身を隠さず歩き始めた！ これは大胆です！」

「この戦場《フィールド》の中で自分たちが一強だという自負があるのだろう。実力者を三人集めたチームらしい不敵さだ」

「確かに！ どう思われますか、ふたりとも！」

グレンダがゲストふたりにコメントを求める。レセディが腕を組んで彼らの行動を見据える。

「師範《マスター》に同感だ。……が、少々意外なのは、チームのリーダーを張っているのがMr《ミスター》.アンドリューズだという点か。この面子《めんつ》ならMr《ミスター》.オルブライトが務めそうなものだが」

「ハァ、ハ――そうでもない。いい顔をしているよ、今日の彼。私が思わず首筋を舐《な》めたくなるから間違いない」

にわかに息を荒くしながらキーリギが言う。その顔面に踵《かかと》を叩《たた》き込みたい衝動を辛《かろ》うじて抑えつつ、隣のレセディが無言で彼女から椅子を離した。

戦場を時計回りに進んで出会った相手を倒していく。そんな大胆極まりない方針を取ったアンドリューズ隊の動向は、当然ながらすぐに他のチームにも観測された。

「……おい。見ろよ、あれ」

最初に彼らに接近したのは、戦場での初期位置がアンドリューズ隊に近かったチーム――三年のマーカス＝ボウルズをリーダーとするボウルズ隊だった。先ほどから偵察ゴーレム越しに動きを観測してはいたが、改めて肉眼で目にすると、その様子には舌を巻く。

「マジかよ、アンドリューズチームの三人……」

「最初から隠れもしないとか。完全に余裕こいてますー」

水辺の茂みの中でチームメイトがそんな感想を漏らす。やがてアンドリューズたちが百ヤードほど前方を通り過ぎたところで、彼らはその追跡を開始した。

「このまま隠れて後を追うぞ。他のチームと出くわして戦い始めたところで呪文をぶつける」

「いい声で叫ぶように、なるべく痛ったいやつにしましょ」

「アホか。そんなこと考える暇があったら属性を揃《そろ》えるなりバラすなり――」

味方の悪趣味に呆《あき》れるボウルズ。と――その視線の先で、ふいに追跡していたアンドリューズが杖剣《じょうけん》を抜き、

「**打てよ風槌《インペトウス》**」

顔を一切向けないまま、後ろ手に向けた切っ先から呪文を放つ。爆発的な威力で放たれた風の砲弾が速やかに百ヤードの距離を走り、ボウルズ隊の三人が潜んでいた茂みに直撃した。

「げぁ――」「――え?」「いや、ちょっと」

余りにもあっさりと、風圧を腹に食らったひとりが白目を剝《む》いて気絶した。他のふたりが呆《ぼう》然《ぜん》と立ち尽くす中、そこに追い撃ちの炸裂《さくれつ》呪文が次々と飛来する。足元の地面が爆《は》ぜた衝撃で我に返り、彼らはやっと現状を認識して動き出す。

「み――見つかってる」「やばい、逃げましょ!」

「おおっと展開が早い! Mr《ミスター》.アンドリューズの呪文攻撃によってボウルズ隊からMr《ミスター》.クアークが脱落! 自分たちが発見されていることに気付かず回避が遅れた模様!」

「呪文を撃つまで悟らせなかったMr《ミスター》.アンドリューズも上手《うま》いが、それ以前にMr《ミスター》.オルブライトの索敵の手腕だな。あの使い魔は初見だと厄介だ」

感心も露《あら》わにガーランドが言い、呪文を唱えてボウルズ隊を追っていた映像を停止――その中から一部を拡大する。そこに現れた小さな昆虫の姿に、観客席からどよめきが上がった。

「……蜂か。それもかなり小型の」

「あれはいいなぁ。戦場《フィールド》の生態系に融《と》け込んでいる。一匹や二匹周りを飛んでてもなかなか気付けないだろう」

レセディとキーリギも映像に注目する。ガーランドがそこに説明を加えた。

「使い魔は小さいものほど存在を気付かれづらい。だが、サイズが小さくなれば搭載できる感覚器の性能も下がっていく。他チームが使っている偵察ゴーレムなどとは違い、あの小蜂が一匹で収集できる情報はわずかなものだ。Mr《ミスター》．オルブライトはそれを補うために数十匹、数百匹と同時に飛ばし、その全ての情報を統合することで敵の位置を特定している」

「なんという卓越した索敵技術！　異端狩り《グノーシスハント》の名門という出自は伊達《だて》ではない！　これは他チーム、ただ隠れるのも一苦労です！」


アンドリューズがボウルズ隊のひとりを仕留めた魔法の炸裂《さくれつ》音は、カティたちの耳にも速やかに届いた。索敵を担当するピートに他ふたりの視線が向き、眼鏡の少年がそれに答える。

「……撃ったのはMr《ミスター》．アンドリューズたちだ。今は北東の島を堂々と歩いてる」

「隠れもしねぇでか？　こっちのチャンスだな、そりゃ。こっそり近寄ろうぜ」

「動くの待って！」

茂みの中を移動しかけたガイが、カティの声で再びしゃがみ込む。その傍《かたわ》らでじっと空中を見つめながら、巻き毛の少女が言う。

「今、そっちから蜂が飛んできたの。考えすぎかもしれないけど……」

「蜂？」「この戦場《フィールド》の生き物じゃなく、か？」

「小型の蜂はふつう、あんな高さを飛ばないの。それに、周りの植生を見て。蜂が蜜を吸うような花なんて生えてないでしょ？」

言われてピートとガイが周りを見渡すと、確かに花を付けている植物は多くない。が、それは指摘されたから気付く程度の違和感で、彼ら自身が蜂を目撃していても見過ごしていただろう。生態系の分析に対するカティの眼力を信頼した上で、ピートは彼女が目にした「蜂」の可能性について思案する。

「蜜蜂サイズの使い魔となると、扱いはかなり難しいが……オルブライト辺りならやりかねないな。以前に貫き蜂《スティングビー》を使役していた例もある」

「つっても、俺たちもずっと隠れてるわけにゃいかねぇだろ？　移動はどうすんだ？」

「蜂はそんなに目がいいわけじゃないから、近付かれた時に動かなければ大丈夫。ひとまず周りに気を付けて動こう。魔力もちゃんと抑えてね」

うなずき合った三人が慎重に移動を始める。その間にも偵察ゴーレムが敵チームの動向を観測し、ピートはそれを報告する。

「……アンドリューズたちが島を渡った。相変わらず身を潜める様子はない。時計回りに戦場《フィールド》を一周して、見つけた敵を順番に倒していく――大方そんな方針だろうな」

「好きにかかって来いってわけか。上等だ」

「挑発に乗っちゃダメだよ、ガイ。やるなら待ち伏せ。それもわたしたちに有利な場所で準備しないと」

様々な要素を踏まえてカティが作戦を考える。自分たちの戦力、敵の状態、地形の条件、そして周辺の生態系――彼女が見る世界から、彼女だけの発想を引き出す。

「……うん、だいたい固まってきた。ふたりとも、聞いて」


それからおよそ五分後。ひとつの島から次の島へと渡るために湖面へ足を踏み出したアンドリューズたちは、目指す対岸に三つの影を認めた。

「――む」

まだ距離は遠いが、彼ら三人には見間違いようがない。カティ、ガイ、ピートの三人である。闘志に満ちた姿で立ちはだかる彼らの様子に、ロッシがヒュウと口笛を吹く。

「カティちゃんたちやん。意外やなー、隠れないで出てくるんかい」

「フン。あの面構《つらがま》えだと、さっきの雑魚《ざこ》どもよりは歯応えがありそうだ」

オルブライトの口元がつり上がる。その瞬間に対岸から詠唱が響き渡り、数秒遅れて、彼らの足元の水面で衝撃が炸裂《さくれつ》した。

当然、二チーム間での開戦に、実況席もすぐに反応する。

「湖面を渡っている途中のアンドリューズチームにアールトチームが突っかけた！　果たして勝算は⁉」

「悪くない。まず仕掛けるタイミングだが、今のアンドリューズ隊は水上歩行に少なからず魔力を持っていかれている。これは地上から撃っているアールト隊に火力面での優位をもたらす。アンドリューズ隊としては早く渡ってしまいたいところだが、Ms《ミズ》・アールトたちはそれを見越して彼らの近くの水面に炸裂《さくれつ》呪文を撃ち込んでいる。波打つ水面での踏み立つ湖面《レイクウォーク》は難度が上がるため、移動速度の低下に加えて、これでさらに多くの魔力を持っていかれることになる」

カティたちが襲撃に踏み切った根拠をガーランドが解説する。格上の戦力を持つ相手を倒す気なら、いかに自分たちが有利な状況で戦いを始めるか、まずはそれが何よりも重要だ。

「そうして足が鈍った彼らに、アールト隊はさらに炸裂《さくれつ》呪文を撃ち込む。対抗属性で迎え撃とうにも足場が揺れて狙いが定まらず、さりとて躱《かわ》してしまってはさらに水面を乱されるばかりだ。この不利を覆《くつがえ》すのはいかにアンドリューズ隊でも容易ではない」

「地形を生かしたアールト隊の堅実な作戦！　これはアンドリューズチーム、真正面から突っ込んだのはさすがに軽率だったかァ――！」

一方その頃、カティたちの爆撃によって波立つ湖面とは裏腹に、当のアンドリューズたち三人は冷静そのものだった。

「右へ回るぞ」「ほんじゃボク左」

そう告げてあっさりと三手に分かれる。一か所に固まっていては水面を乱された影響を全員が被《こうむ》るので、ここでの分散は至って自然な判断。故に、カティたちもそれは読んでいる。

「敵が三手に分かれた！　オルブライトが左、ロッシが右から上陸してくる！」

「ああ。――もちろん、そう来ると思ったぜ」

ガイがにやりと笑って呪文を唱える。自分が立つ島の沿岸の二か所――地形的に敵の上陸地点と想定される部分の土へ、彼の放った呪文がそれぞれ当たった。そこから一気に樹木が生え伸びる。彼があらかじめ植えてあった器化植物《ツールプラント》が急速に成長し、たちまち無数の棘《とげ》と茨を持つバリケートとなってロッシ、オルブライトの前に立ち塞がった。

「……む」「あちゃー、読まれてたかい」

行く手を塞がれたふたりが渋い顔をした。迂回《うかい》するにしろ呪文で薙《な》ぎ払《はら》うにしろ多少の時間は取られる。彼らが上陸に手間取っている間に、カティたちはここぞとばかりにアンドリューズへ呪文攻撃を集中する。波打つ水面にひとり残った彼は恰好《かっこう》の狙い目だ。

が、そこでアンドリューズはカティたちの予想を裏切る行動に打って出た。ローブの内から身長の半分ほどの磨かれた板切れを取り出し、水に浮かべたそれに両足で乗ったのだ。

「――風よ背を押せ《インベトゥス》」

呪文の詠唱と共に、その体が湖面を疾駆する。風の後押しを受けて水面を滑るアンドリューズの機動は先ほどまでとは完全に別物だった。彼を狙った呪文がことごとく外れて水面を打ち、そこから生じた波さえ勢いに変えて少年が湖上を疾駆する。カティたちは目を丸くした。

「……っ⁉」「なんだありゃ！　波乗り……⁉」

「攻撃を切らすな！　次の一発いくぞ！」

ピートが檄《げき》を飛ばして呪文攻撃を続行する。自由自在な機動でその全てを掻《か》い潜《くぐ》って、アンドリューズが三人の立つ島へと迫る。

「おおおおお⁉　Mr《ミスター》.アンドリューズ、ここで水上歩行を打ち切ってまさかの波乗り！　華麗な機動で呪文攻撃の合間を縫って島へ向かい始めたぁ！」

この展開には観客席も湧き上がった。映像を見ながらガーランドが繰り返しうなずく。

「なるほど、面白いな。確かに水面が荒れている状態ではあのほうがいい。風の扱いに相当長《た》

けていなければ出来ない芸当だが」

「名門アンドリューズの面目躍如！　さぁ、どうするアールト隊！」


島まである程度近付くと、アンドリューズは一定の距離を保ったまま呪文を回避し続ける。

その時点でカティたちも彼に攻撃を当てる難しさを悟った。

「速い……！」「撃っても仕留めらんねぇな、こりゃ」

「島の中央まで下がるよ！　急いで、上陸される前に！」

沿岸での迎撃を打ち切って島の奥へと退いていく三人。と、そこでガイが島の左右に張ったバリケードが弾《はじ》け飛ぶ。散乱する木片の中を、ふたつの影が悠然と歩いてきた。

「手間を掛けさせてくれる」「あー、やっと地面踏めたわ」

障害を破ったオルブライトとロッシが上陸を果たす。正面の砂浜に到達したアンドリューズが波乗り板《サーフボード》から降りてそこに加わり、ロッシがにっと笑って彼を見つめた。

「かっこええなー波乗り。今度ボクにも教えてや、それ」

「言うほど便利なものでもないぞ。大抵は箒《ほうき》を使ったほうが早い」

軽くあしらいつつ足を進めるアンドリューズ。島の中央まで後退したカティたちと五十ヤードほどの距離を置いて向き合い、彼は告げる。

「こちらの不利は消えた。悪いが一気に終わらせるぞ、Ms《ミズ》.アールト」

「……それはどうかな」

真顔で言い返すカティ。彼女らに攻撃を開始すべく杖剣《じょうけん》を構えるアンドリューズたちだが、ふいにその背後の湖面でいくつもの水柱が上がる。同時に響くどすんと重量感のある足音。

「――む」「えっ、うそやん」

振り向いたロッシが思わず声を上げる。身の丈およそ七フィート、大きく長い口にずらりと並んだ牙。そんな二足歩行の鰐《わに》に似た魔獣が十頭以上、今まさに島へ上陸してくるところだった。

「なんと!?　ここで背伸び鰐《トルゲーター》の群れが上陸！　アンドリューズ隊、アールト隊との間で予期せぬ挟み撃ちを受ける形になりました！」

「――やるな、Ms《ミズ》.アールト。地形の観察からここまで読んでいたか」

ガーランドがにやりと口元をつり上げ、カティ＝アールトという生徒に対する認識を改める。

――この戦場《フィールド》を最も理解しているのは、今戦っている全チームの中で、おそらく彼女だ。

アンドリューズたちの向こう側に魔獣を見据えながら、カティがぽつりと呟《つぶや》く。

「……魔法生物学の知識に照らして、周りの環境をちゃんと見ればね、分かるよ。このフィールドの頂点捕食者が、何かくらいは」

「……チッ――」

「生え伸びよ《プロゴロッシオ》！」

相手が正面突破の気配を見せた瞬間にガイが地面へ呪文を撃ち込み、そこからまたしても樹木のバリケードが生え伸びた。挟み撃ちの構図に持ち込むことまで含めて彼らの作戦なので、この場にも当然器化植物《ツールプラント》の種は植えてある。樹木の陰に陣取ったガイが声を上げた。

「悪ぃな。おまえらとは斬り合いたくねぇ」

「これが今のボクたちの戦い方だ。……とことんやらせてもらうぞ」

前進も後退も封じられた三人の敵へ向けて、彼らはバリケードの陰から容赦なく呪文の斉射を浴びせる。時を同じくして魔獣たちも襲撃を開始し、アンドリューズたちはその場での応戦を強いられる。長い顎での噛《か》み付《つ》きを跳んで躱《かわ》しながらロッシが凶悪に笑った。

「はは――さっすがやな、ジブンら。オリバーくんやナナオちゃんと長く付き合《お》うてるだけあるわ」

そんな感想を口にしつつも、大口を開けて襲ってきた魔獣の口腔《こうこう》目掛けて呪文を放つ。体内に電撃を流された魔獣が前のめりに倒れて気絶し、続けて背後から突進してきた一頭の顎を口ッシの踵《かかと》が蹴り上げた。さらにその体を盾にしてガイたちの呪文攻撃を防いでのける。

「……でもな。ボクらかて、今までずっと昼寝してたんと違うねん。こんなもんで有利取ったとか思ってると——めっちゃ痛い目見るで！」

自負も露《あら》わにロッシが言い放つ。そんな彼の前に立ち、アンドリューズが口を開いた。

「……呪文からの防御は僕が受け持つ。魔獣を片付けろ、ふたりとも」

「所詮は雑魚《ざこ》の群れだ。造作もないが——」

ロッシ同様に危なげなく立ち回っていたオルブライトだが、その刹那、魔獣たちの間から小さな影が飛び出した。首筋を狙ったその一撃を紙一重で見切って躱《かわ》すも、視線で追った相手はすぐさま魔獣の群れに紛れてしまう。彼にはわずかに小柄な少女のシルエットを見て取れたのみ。

「**雷光疾りて**《トニトゥルス》！」

さらには別の角度から、カティたちとは別口の呪文が飛んでくる。自分を狙ったそれを対抗属性で相殺《そうさい》しつつ、オルブライトが鼻を鳴らす。

「——別の雑魚《ざこ》が紛れているか。些《いささ》か面倒だな、これは」

にわかに生じた三チーム、の混戦を、観客席の面々ははっきりと見届けていた。

「なんと、今まで水中に潜んでいたカルステチーム、ここで魔獣に紛れて戦闘に乱入！『二年生は魔獣に襲われない』というハンデを見事に利用しています！」

「彼女らが割り込むならここしかないだろうな。もちろんアールト隊も他チームの乱入は織り込み済みだろう。だからこそアンドリューズ隊に駒を減らされる前に速攻で仕掛けたのだ。位置関係もいい。アンドリューズ隊は完全に集中攻撃の的になる」

カティたちの戦略を重ねて賞賛するガーランド。が、裏腹に、戦況を見守る目は厳しさを増す。挟み撃ちが始まった当初と比べて、すでに魔獣の数は半分近くに減っている——だというのに、

「それでも崩れない。……大したものだな、あの三人は」

完璧に近い形で罠《わな》に嵌《は》めたにも拘《かかわ》らず、一向に敵を減らすことが出来ない。その事実にアールト隊の三人はもちろん焦《あせ》っていたが、彼女らには気休めとはいえバリケードの守りがある。よって先に追い詰められたのは、魔獣たちに紛れて危うい戦いを続けている二年生たちのほうだった。

「……はぁっ、はぁっ……！」

より正確には、リタである。隠れながらの一撃離脱はテレサにとって本業に近い立ち回りだ

が、彼女の場合はそうではない。テレサが敵の注意の巧みに引いてくれているからリタにも参戦できているが、彼女ひとりならとっくに見つかって仕留められている。いや、実際にはそれも時間の問題なのだ。魔獣の数が減るにつれて、彼女が気配を紛れさせることはどんどん難しくなっている。

これ以上は続けられない。彼女がそう感じた頃合いで、テレサの攻撃を躱《かわ》したオルブライトが体勢を崩し、ぐらりと傾いた無防備な背中を晒《さら》した。仲間が作った千載一遇の隙——それを前にした時点で、彼女には選択の余地などなかった。

「……今……！」

この距離なら刺せる。今まで呪文攻撃をことごとく防がれてきたこともあり、リタは魔獣たちの間を抜けて直接オルブライトの背中を狙った。今度こそいける——そう確信したリタの杖剣《じようけん》が敵の寸前で止まり、その腹部をカウンターで重い衝撃が貫いた。

「——釣れたな」

「かっ……!?」

鋭い眼光と共にオルブライトが呟《つぶや》く。以前に彼自身がオリバーに使われた、ローブの布で体の動きを隠しての後ろ蹴り——ラノフ流でいう「隠れる尻尾《ヒドゥンテイル》」の一刺しだった。あえて背中を晒《さら》したのはこの一撃への布石である。

「**芯まで痺れよ。**《インベディエンドム》——ふん、大きいほうか。小さいほうが持ちやすかったが、まぁ構うまい」

追い撃ちの呪文で無力化したリタを片手で持ち上げ、オルブライトがその体を魔獣たちに突き付ける。途端に魔獣たちが二の足を踏んだ。「二年生は襲わない」という彼らの縛りを盾に取った形だ。が、その影響は思わぬところに及んだ。

「なッ――てめぇ！　リタに何しやがる！」

「あっ――ガイ、駄目――！」

見かねたガイが仲間の制止を振り切り、バリケードを乗り越えてオルブライトへ向かう。下級生を盾に取るという行為が彼の忍耐の許容限度を超えた。ましてリタは日頃から可愛《かわい》がってきた後輩である。

「ふん」

突進してくるガイへ向かって、オルブライトはリタの体をひょいと投げて寄越す。こればかりは躱《かわ》せるわけがない。とっさに片腕で後輩を受け止めるガイだが、同時にその背中を衝撃が貫く。

「今のは君らしいわ。けどダメやで。戦いなんやから、これ」

「……てめぇ、ロッシ……」

無防備な背中を一突きしたロッシが耳元で囁《ささや》く。そんな彼に向かって最後に悪態を突き、ガイは後輩を腕に抱いたまま意識を失った。

「——これはえげつない！　Mr《ミスター》．オルブライト、倒した二年生を迷わず魔獣除《よ》けの盾にした！　見かねてバリケードを飛び出したMr《ミスター》．グリーンウッド、無情にも迎え撃たれて脱落です！」

「魔獣は二年生を襲わず、無駄に痛めつけているわけでもないのでルール違反ではない。使えるものは全て使う——非情なようでも、実戦を想定すれば正しい選択だ。後輩を守ろうとしたMr《ミスター》．グリーンウッドの行動も個人的には評価したいが……この状況では軽率だったな」

厳しい面持ちでガーランドが告げた。一方で、その目が見つめる戦況は決定的に変化しつつある。

「数が減って圧力が下がった。これではもはや包囲網として機能しない。——アンドリューズ隊が離脱するぞ」

ガイとリタが脱落し、魔獣は当初の三分の一まで数を減らした。ここまで来れば、もはやアンドリューズ隊にはわざわざ島の中央で戦い続ける理由は何もない。

「——ここはもういい。隣の島へ抜けるぞ」

「ふん」「了解や！」

包囲を抜けたアンドリューズたちが島の北西へと走り、そのまま湖面に向かって崖を飛び降りる。が──着水から間もなく、その周囲の水面へ二発の炸裂《さくれつ》呪文が続けざまに着弾した。背後からではなく、彼らが向かおうとした隣の島──その沿岸にふたつの影がある。

「今更かい。遅いやろ、ここで撃ってきても」

「引け腰の雑魚《ざこ》どもが」

鼻を鳴らすロッシとオルブライト。最初の交戦でひとり脱落させたボウルズ隊が、ここにきて攻撃を仕掛けてきたのだ。が、アンドリューズたちが島内で包囲されていたタイミングを逃しての参戦はいかにも機を逸している。何の脅威も感じないまま三人は揺れる水面を進み始め、

「──む!?」

その矢先、水中から伸びてきた手に最後尾のオルブライトの足首が掴《つか》まれる。脚力と踏み立つ湖面《ウォーク》で引き込む力に抵抗するが、水面が乱れていることもあり、さしもの彼も対応までに数秒の時間を要した。それは彼らに追撃が追い付くまでにじゅうぶんな猶予。

「爆ぜて砕けよ《フラルゴ》!」

三人が先ほど下りてきた崖の上に身を乗り出し、カティとピートが呪文を撃ち放った。ロッシとアンドリューズはすぐさま回避の動きに入るが、水中から足を掴《つか》まれているオルブライトに同じ真似《まね》は出来ない。

「ち」

判断は一瞬。彼は引き込む力に逆らわず、呪文の着弾に先駆けて水中深くへ沈んだ。同時に立ち上がる二本の水柱。かき混ぜられた水面で不安定な姿勢を強いられるロッシとアンドリューズの姿に、ここで崖の上の三人が勝機を見て取った。

「今——！」

カティ、ピート、そしてテレサが同時に踏み立つ壁面《ウォールウォーク》で崖を駆け下りての勝負に打って出た。炸裂《さくれつ》呪文で波打つ水面に対して、崖のほうは凹凸だらけの悪路とはいえ不動。戦いの優位は足場が確かな側にある。彼女らは崖の途中から呪文の狙いが付けられるが、波に揺られるアンドリューズとロッシは同じようにはいかない——はずだったが、

「……**来たれ突風《インペトゥス》**」

「——ッ⁉」「えっ——⁉」「——ッ！」

アンドリューズが呪文を唱えた途端、強烈な吹き下ろしの風がカティたち三人の背中を押した。単純に杖《つえ》先から風を吹かせるのではなく、周辺の気流を呼び込むことによって崖上からの風を招いたのだ。カティは懸命に崖の半ばへ踏《ふ》み止《とど》まったが、その状態では呪文の狙いが定まらない。

「おおおっ！」「——フウッ！」

対して、ピートとテレサはやり方を変えた。背中を押す風の勢いをそのままに、崖から跳んで水面のロッシとアンドリューズへと斬りかかったのだ。波でバランスを崩してのけ反った体

勢のロッシを狙って、ピートの勝負を賭けたリゼット流「勇の一突」が迫り、

「――いよっ！」

その切っ先が空を切ると同時に、彼の腹をしたたかな衝撃が貫く。極端にのけ反った姿勢から両手を水面に付いたロッシが、水面に逆立ちしての蹴りでピートの腹を抉《えぐ》っていた。

「……かっ……！」

「惜しいわ、ピートくん。以前《まえ》のボクなら危なかったで」

波打つ水面での両手を用いた踏み立つ湖面《レイクウォーク》と、そこから空中の相手を狙った大胆な蹴り上げ。並外れたセンスと度胸がなければ成し得ない離れ業だ。蹴り飛ばされたピートが背中から水中に没する。

「ッ……！」

「鋭いな。君が二年生チームのエースか」

一方のテレサも、二重のフェイントを経ての一撃をアンドリューズに受け止められていた。再び間合いを取り直して隙を窺《うかが》う彼女だが、そこに目の前の敵が淡々と言い切る。

「――だが。初撃をしくじった時点で、どう足掻《あが》いても君たちの負けだ」

その声が響いた瞬間。斬り込もうとしたテレサの体に、真後ろから電撃が直撃した。

「――か……」

少女の体が倒れ、水面に浮かぶ。その背後の水面に、彼女を仕留めた男の上半身がある。

「俺を水中に引きずり込もうとはな。……まったく、度胸だけは一端《いっぱし》の雑魚《ざこ》だ」

そう呟《つぶや》いたオルブライトが踏み立つ湖面《レイクウォーク》で水中から踏み上がり、その傍《かたわ》らの水面に二年生の背中がぷかりと浮かんだ。気絶したディーンである。水面下に潜んでの奇襲で一度はオルブライトを水中へ引きずり込んだものの、それだけで勝てるほど甘い相手ではなかった。

「ピート！」

崖から飛び降りたカティが水面に浮かび上がったピートに駆け寄り、彼の体を摑《つか》んで水上に引き上げる。その気になれば妨害も出来たが、アンドリューズたちにはもはやその必要もなかった。アールト隊のふたりが並んで水面に立つのを待った上で、彼らは改めてふたりに杖剣《じょうけん》を向ける。

「思ったより楽しめたぞ。また鍛え直して来い、ピート」

「……こ……の……」

オルブライトの言葉が餞別《せんべつ》だった。もはや抵抗の手立てはなく、三人から呪文の斉射を受けて、カティとピートは同時に意識を失った。

「ああっ、Mr《ミスター》.レストン、Ms《ミズ》.アールト、脱落！　大いに粘りましたが健闘及ばず、これでアールト隊とカルステ隊は全滅です！」

「ミスはあったが、それを含めても、どちらのチームも力を尽くした結果と言っていいだろう。今回は素直に、あの猛攻を防ぎ切ったアンドリューズ隊を称《たた》えるべきだな」

終わりを待たずしてガーランドが試合を総評する。その間にもカティたちを仕留めたアンドリューズ隊は速やかに次の島へと渡っていき、最後に残ったボウルズ隊のふたりを何の苦もなく倒してのけた。試合終了を告げる鐘が鳴り響き、実況のグレンダが結果を告げる。

「ふたり残っていた最後のチームもたったいま全滅！……アンドリューズ隊、ひとりも欠けずして堂々の勝利です！」

同日の夜。それぞれに激しい試合を越えて、剣花団の六人は迷宮一層の秘密基地に集まった。

「──オリバー、ナナオ、シェラ、本戦突破おめでとう！　わたしたちは負けました、こんちくしょー！」

やけくそ気味に叫んだカティを始点に、テーブルの上で発泡リンゴ水《サイダー》のジョッキがぶつかり合う。勝ち残った側と敗退した側に分かれてしまった形だが、シェラがすぐさま友人たちの健闘を讃《たた》えた。

「胸を張りなさい三人とも。良《い》い作戦でしたし、良《い》い試合でしたわ。ガーランド先生も褒めていましたのよ」

「シェラの言う通りだ、君たちはよく頑張った。あれは相手が強かったんだ。ロッシもオルブライトもそうだが、Mr《ミスター》．アンドリューズ——彼の戦いぶりには目を瞠《みは》った」

オリバーが率直な感想を口にする。その隣でナナオも大きく頷《うなず》いた。

「いかにも。頭から爪先まで闘志《とうし》充溢《じゅういつ》し、それでいて伸び伸びと動いてござったな。己を鍛え抜いてきた自負がなければああは動け申さぬ。拙者なりの言い方をすれば、今日のアンドリューズ殿には武人の風格がござった」

「そう、リックはすごいんですのよ！　——あ、そうではなくて……いえ、確かにリックはすごいのですが……カティもガイもピートも、試合を通して見えた研鑽《けんさん》の程は、決して彼らに劣らないと——」

幼馴染《おさななじみ》の活躍を誇る気持ちと友人たちの奮戦を喜ぶ気持ち、その両方の間でシェラが言葉に迷う。が、それもカティたちの耳には半ば届いていなかった。三人とも自分の失敗の記憶で頭が一杯だったからだ。

「……悪いのはおれだ……あそこで迂闊《うかつ》に飛び出さなけりゃよぉ……」

「……何よりもボクの力不足だ……終盤でロッシを仕留めていれば、こっちにもまだ勝ち目はあったはず……」

「……そもそも戦いの方針を決めたのはわたしだよ……。ああもう、時間を戻したい……！　今ならもっといい作戦が思い付くのに……！」

声に悔しさを滲《にじ》ませる三人。そんな友人たちの姿を前に、オリバーがすっと背筋を正す。

――優しい言葉で慰められることなど、彼らの誰ひとり望んでいないと分かったから。

「三人とも、励ましの先が欲しいんだな。……分かった。では、少し厳しくいこう」

そう宣言した上で視線を巡らせ、彼はまず長身の少年を見据える。

「ガイ。君も自覚している通り、Ms《ミズ》.アップルトンを助けに飛び出した判断は軽率だった。あれが実戦なら彼女と共倒れだし、何よりもカティとピートの命を危険に晒《さら》す。君の生き死には君だけの問題じゃない。そのまま仲間の生き死にだと思って欲しい」

「う……」

歯を食いしばって俯《うつむ》くガイ。続けて、オリバーはその隣に座る眼鏡の少年に向き直る。

「ピート、君は反省のポイントが少しずれている。試合の終盤で『勇の一突』に踏み切った判断は悪くない。あの局面で敵を減らせなければどの道勝ち目はないし、その条件下で打つ博打《ばくち》としては妥当だろう。問題はそれ以前の島での攻防だ。呪文を当てようという気持ちが先行し過ぎて、攻撃が単調になっていたのは気付いているな？」

「……っ……！」

言われたピートが膝の上でこぶしを震わせる。それから最後のひとり、巻き毛の少女にオリバーが目を向ける。

「カティ、フィールドの生態系を把握した上で利用した君の作戦は見事だった。おそらく同じことは同じ学年の誰にも出来ない。が――その上で不足を指摘すれば、せっかく作り出した有利な状況を活《い》かしきれていたとは言えない。率直に言えば、あの場面――俺なら二節呪文で魔獣もろとも敵を吹き飛ばすことを狙った」

「……それ、は……！」

残酷な指摘に少女が声を詰まらせる。その気持ちを痛いほど分かった上で、オリバーはなおも言葉を続ける。

「分かっている、君がそれを考えた上で実行しなかったのは。いくら呪文の殺傷力が制限されていても、自分たちの戦いの巻き添えで魔獣たちを傷付けたくなかったんだろう。だが――ガイの場合と同じで、あれが実戦だったらどうなっていた？　魔獣の犠牲を躊躇《ためら》ったことで敵を仕留めきれず、結果として仲間が死んだかもしれない。……もちろん、実際の戦場なら別の行動をしていたと確信できるならいい。が、今の君にその覚悟はあるか？」

問われたカティの表情がぎゅっと歪《ゆが》んだ。そんな彼女と両脇のふたりを同時に眺めて、オリバーは目を細める。

「今日の試合からも分かる通り、君たちは魔法使いとして凄《すさ》まじい勢いで成長している。俺もシェラも目を瞠《みは》るほどに。……だからこそ、その姿を見ているうちに確信を抱きつつあるんだ。君たちはいずれ、各々《おのおの》何らかの形で、魔法使いとして命を賭けた戦いに臨むだろうと。

その時に迷いを残していて欲しくはない。敵が何であろうと、誰であろうとも」

少年は切なる想《おも》いを込めてそう告げる。その重みを受け止めた三人が、長い沈黙のうちに、少年の言葉を噛《か》みしめる。

そんな彼らの前で、ふぅ、と大きく息を吐いて、ふいにオリバーが席を立った。

「偉そうなお説教はここまで。……この先は、俺の反省会だ」

「……え？」「ん？」「おお？」

困惑する友人たちの前で白杖《はくじょう》を手に黒板へ向き合うと、オリバーはその上に猛然と文字を書き始める。カティがあんぐりと口を開けた。執拗《しつよう》なまでの密度で書き連ねられたそれらは、ひとつ残らず自分自身へ向けた不備の指摘と叱責だ。

「これらが——全てッ！　今日の試合での！　俺の落ち度だッ！　いくつもの小さな見落としに加えて信じがたいようなミスも犯した！　観戦していた君たちにも当然気付いていることはあるはず！　さぁ立場を交換だ、サンドバッグだと思って存分に指摘していい！　いや、してくれ！」

懇願じみた声でオリバーが叫ぶ。あれほど頑張った友人たちに、自分から一方的に説教して終わりなど耐えられるものかと——そんな彼の想《おも》いを最初に汲《く》んだのはシェラであり、だからこそ、彼女は微笑《ほほえ》んで口火を切った。

「……ナナオとMr《ミスター》．レイクの対応力に終始頼りきりでしたわね。信頼していたと言えば聞こえはいいですが、あれで本当にチームを指揮していたと言えるのでしょうか？」

「うッ……！」

望んだ通りの鋭い指摘が返ってオリバーが呻《うめ》く。そんなふたりのやり取りを眺めて、カティがこわごわと手を挙げる。

「……じゃ、じゃあ、わたしも。……えっと……ミストラル隊の分身、あれ、普通に本物と区別できるよね？　なんであんなに苦労してるのかなって、試合中ずっと不思議に思ってて……」

「⁉　待てカティ、どういうことだ⁉　君には最初から見分けが付いていたと⁉」

「う、うん。影分身のほうはただの張りぼてだし、ちょっとよく出来たほうも筋肉の動きとかすごく不自然じゃない？　二足歩行の動物の体ってもっと複雑だよ？」

当たり前とばかりに言ってのける巻き毛の少女。彼女が無自覚に培《つちか》った眼力に、オリバーは開いた口が塞がらない。そんな彼の様子ににやりと笑って、今度はガイが追撃を仕掛けた。

「実戦を想定しろとか言う割に、おまえも最後はずいぶん趣味に走ってたよなぁ。Ms《ミズ》．エイムズとのタイマン、あれ本当に必要あったか？　どう斬り合ったのかは見てねぇけど、たぶんナナオと合流したほうが普通に楽だったろ？」

「ぐっ……！　い、いや、それは向こうも警戒していた！　地上へ戻る際のリスクを考えれば、不合理な判断とまでは……！」

「ボクはむしろ、ミストラル隊からふたり落とした後、エイムズ隊を放置してリーベルト隊を倒しにいった判断に疑問を覚える。いくらなんでも城塞ゴーレムの攻略を軽く見積もり過ぎ……いや、違うか。あれはMs《ミズ》．アスムスの狙撃にびびってたんだな。でも、あの距離でまともに狙えるのが彼女ひとりなのは分かっただろ？　レイクに迎撃させとけば済んだんだから、そこまで恐れなくても良かったんじゃないか？」

「ぐはぁっ……！」

もはや刺突じみたピートの言葉がオリバーの胸を貫く。多くの指摘は次第に討論へと発展し、それはやがてふたつの試合の詳細な分析へと移っていく。厳しい言葉が遠慮なく飛び交いながら――しかしそれは、胸が詰まるほどに優しい時間だった。

第四章

暴君《タイラント》

下級生リーグ本戦の全試合が滞りなく進行すると、その翌日にはいよいよ上級生リーグの予選が待ち受けていた。迷宮一層のスタート地点から今まさに出発した四~五年生たちの姿を映像越しに見つめて、ここからが本番とばかりに実況のグレンダが声を張る。

「下級生たちの激闘を越えて、ついに始まりました上級生リーグ！　予選の競技はお馴染《なじ》みの迷宮トレイルラン！　一層からスタートして三層のゴールを目指します！　まずは五分のハンデの分だけ四年生たちが先行していくゥ！」

「総合力を測るには結局これがいちばんと判断した。なお下級生たちの予選と違い、この時点でチームは組ませていない。上級生がこのくらいで仲間の助けを必要とするようでは困るのでな。ハンデが五分なのは、上の学年になると否応《いやおう》なく先輩後輩の実力差は縮まってくるからだ。さすがに四~五年生と六~七年生で分けてはいるが」

「出発した四年生たち、迷宮一層『静かの迷い路』を我が家の庭も同然に駆け抜けていく！　通路の変化の法則性くらいは考えるまでもなく体で覚えているようだ！　だが、これは決闘リーグ！　一層と言えど、鼻歌混じりに通過できるほど甘くはないぞォ！」

グレンダの言葉に違わず、一層を快調に走っていた先頭集団が、五つ目の分岐を折れたところで一斉に足を止めた。そこにあるべき通路に代わって、螺旋《らせん》状に捻じくれた奇妙な円筒状の道が、その全体をぐねぐねと蠢《うごめ》かせながら下へと続いていたからだ。

「――チ、洞窟《ケイブ》ゴーレムか」「素通りは無理ね、これは」

壁から湧き出してくる無数のゴーレムと魔法トラップを見据えながら生徒たちが呟《つぶや》く。が、それで怯《ひる》むことはない。それぞれの杖剣《じょうけん》を片手に、彼らは立ち塞がる障害へと踏み込んでいく。

一方の観客席。空中に投影された同じ光景を、ナナオが声を上げて指さした。

「む、オリバー。拙者らも抜けたあれにござるぞ」

「ああ、そうだな。あの時はゴッドフレイ統括の力を借りたが……」

隣の少年もうなずき、ピートを攫《さら》ったエンリコを追って迷宮に潜った時のことを思い出す。その時の彼らも死ぬ思いだったが、たったいま上級生たちが通っている洞窟《ケイブ》ゴーレムの様相とは比較にならない。ゴーレムやトラップが雲霞《うんか》の如《ごと》く湧いてくる上、通路全体が不規則にうねって足場を不確かにしている。今のオリバーやナナオでも通り抜けられるかどうか。

「……一層ですでにこの様子。上級生リーグの名に違わない過酷さですわね」

「すごいね……。これ、二層に入ったらどうなっちゃうんだろ……」

シェラとカティが息を呑《の》んで映像を見つめる。果たしてそれに続く光景も、彼らの予想を裏切ることはなかった。

洞窟《ケイブ》ゴーレムを抜けて二層に突入した先頭集団の四～五年生たちは、見慣れた「賑《にぎ》わいの森」の全体が、赤みがかった白色の濃霧に煙っているのを目撃した。

「――うぇっ」「……おいおい……」

さしもの上級生たちも鼻と口を押さえて立ち止まる。森の全体が煙って見えるのは空気が濁っているからであり、その濁りの正体は二層の魔法植物たちが盛大に放つ花粉だ。当然無害などでは有り得ず、この濃度だと、何の備えもなく突っ込めば数秒で酩酊《めいてい》して倒れてもおかしくはない。

「最悪ね。いちばん酷《ひど》い時期でもこうはならないわよ」

「花粉を除く呼吸法が要る。おまけに視界も悪い」「速度出せねぇな、こりゃ」

重なる悪条件に毒づく上級生たち。と、煙った空気の向こうでいくつもの気配が蠢《うごめ》き、低い唸《うな》り声がそこに続いた。障害の存在を感じ取った生徒たちが並んで杖剣《じょうけん》を構える。

「当然、魔獣も襲ってくると！」「先頭譲るぜ！」「あんたが行け！」

互いに先頭を押し付け合いながら二層へ突入していく四～五年生たち。そんな彼らへ、花粉の帳《とばり》に隠れて姿すら定《さだ》かではない魔獣たちの群れが襲い掛かった。

「先頭集団が二層へ突入！　途端に濃密な花粉嵐のお出迎えだ！　これはひどい！」

「嫌がらせじみたステージになってしまったが、大気の状況が悪い時の立ち回りも考えて欲しくてな。ホルツヴァート先生に相談してこのような状況にしてもらった。毒混じりの空気を濾《ろ》過《か》する呼吸法と、それを維持しながら魔獣と戦う器用さが同時に求められる。異端狩り《グノーシスハント》の現場では必須の技能だぞ」

「いくら理屈が付いても嫌なものは嫌だァ――！　しかしさすがは上級生、悪態を突きながらも平然と花粉の中を進んでいく！　いやはや壮絶！　この光景はまさに、ウチが異端狩り《グノーシスハンター》の養成校などと揶揄《やゆ》される理由そのものです！」

「こらこら」

学校そのものをネタにした実況の皮肉にガーランドが苦笑を浮かべるが、裏腹に観客席ではどっと笑いが起こる。男の学生時代から何ら変わらない、これこそがキンバリーのイベントの在り方なのだった。

想像を超えて過酷な二層の光景と、それを悠々と突破していく上級生たちの迷いない動き。その両方に、観客席の下級生たちはすっかり目を釘付《くぎづ》けにされていた。

「——っくしゅん！　……うー、見てるだけで鼻がむずむずするぜ」

「あははは！　ぼくもぼくも！」

くしゃみをしたガイの隣でユーリィが鼻をこすって笑う。一方のピートが真顔で問いかけた。

「毒を除く呼吸法か……。オリバー、オマエは出来るのか？」

「出来るが、毒が濃くなれば完全に除き切ることは難しくなる。要するに惹香《パフューム》の時と同じだ。なるべく早く花粉の中を抜けてしまいたいところだが、そのためにペースを上げれば息が荒くなって呼吸法が崩れかねない。ジレンマだな」

「心技体が揃《そろ》ってないと辛《つら》いわね。ま、私なら出来るけど」

そう言ってのけた金髪の少女が彼らの隣に歩み出る。オリバーもその横顔に目を向けた。

「Ms《ミズ》．コーンウォリスか。……遅れたが、決勝リーグ進出おめでとう」

「呑気《のんき》に祝ってんじゃないわよ、ライバルでしょあんたも。言っとくけど、今回はわたしたちが勝つからね」

びしりと少年を指さして言い放つステイシー。その態度に、彼女の背後に控える従者の少年

——フェイ＝ウィロックがため息をつく。

「だから喧嘩腰《けんかごし》になるなというのに。……悪いな、Mr《ミスター》.ホーン。試合は見させてもらった。俺もスーも、序盤からずっと感心しきりだったよ」

「感心なんかしてないし、あれくらい私でも出来るし！」

「その辺りになさい、ステイシー。……許してあげてくださいませ、オリバー。実力を認めている相手の前だと、この子はどうしてもこうなりますの」

シェラが柔らかに場を取り成す。今の彼女はステイシーたちと組んでリーグ戦に参加している立場だ。血縁上の姉妹であるふたりの過去を思うと、関係を修復しつつあるその光景はオリバーにとっても素直に微笑《ほほえ》ましい。

シェラに諫《いさ》められたことで声の勢いを多少落としながらも、ステイシーがオリバーに近寄って耳打ちする。

「あんたとヒビヤはともかく……あの転校生、決勝ではもっと真面目に戦わせなさいよ。摑《つか》みどころがなくてイライラするじゃない。それともわざと？　なんか隠し玉でもあるの？」

「……………まぁ、好きに考えてくれていい」

観戦中のユーリィを横目で窺《うかが》いつつ問うてくる少女に、オリバーは曖昧に言葉を濁す。自分もついさっき説教したばかりだとは言えない。不満げなステイシーがさらに何か言う前に、オリバーのほうから話を試合へ戻した。

「先頭集団が二層の終盤に差し掛かったな。――山場が近いぞ」

「――うお」「はぁ？」

二層終盤「冥府の合戦場」。上級生ならすっかり見慣れたはずの場所で、しかし今の彼らは初めて訪れた時のような驚きの声を上げていた。ふたつに分かれて対陣する骨の軍勢の隊列――視界の左右を遥《はる》かに越えて立ち並ぶ命無き歩兵、騎兵、魔獣兵たちの集団。いつもとは文字通り桁違いの、その圧倒的なスケールに。

先頭集団の到着からすぐさま開戦を告げる銅鑼《どら》の音が鳴り響き、ふたつの軍勢が一斉に動き始めた。土埃《つちぼこり》を上げて突進《チャージ》する魔獣兵、速やかに両翼へ展開する騎兵、それらの後を追って前進を始める歩兵部隊の長大な壁。その姿を、四～五年生たちはひとまず遠巻きに眺める。

「すげぇなこりゃ。何体いるんだ骨の兵士《スパルトイ》」

「万に届くかもしれないな。今まで見た中で間違いなく最大規模だ」

「これ勝たせるの？　こっちも頭数いないと無理でしょ」

「安心しろ。後ろからどんどん来る」

後続を横目で確認しながら生徒のひとりが言う。その間にも森を抜けてきた新たな生徒が合流し、頭数はあっという間に三十人を超えた。さらに増えていく集団に女生徒が肩をすくめる。

「……さっさと方針決めて始めちゃったほうがいいわね。そうすれば後続の連中はなしくずしに参戦するしかないし」

「先頭が適当に決めちまえ。最初にあのへん崩して、次にあのへん撃ってとか。ざっとでいいからよ」

「だそうだ。派手に活躍見せときたいよな？　次期統括候補さんよ」

生徒たちの視線が、先頭に立つ五年生――花粉がまとわり付いた顔をハンカチで神経質に拭っていたひとりに集中する。要請を受けたパーシヴァル＝ウォーレイが杖剣《じょうけん》を構えた。

「――いいだろう。指示通りに動けよ、駒ども」

短い準備時間を経て、かつてない規模の戦いに介入していく四～五年生たち。いくつかの集団に分かれて敵軍を切り崩し始める彼らの様子を、観客席のオリバーが興味深く見つめる。てっきり各人が個人プレーで動くかと思いきや、足止め担当・陽動担当・奇襲担当と、各々《おのおの》きっちり役割を分担した上で見事な連携を見せていた。

「……意外にも堅実な攻め方だ。誰かが指揮を執っているな、これは」

「おそらくMr《ミスター》・ウォーレイでしょう。先頭集団はずっとその一団が独占していましたから」

隣のシェラが添えた言葉にオリバーも頷《うなず》く。集団で走る試合の性質上、こうした課題に主導権をもって臨みたければ、参加者は自分の位置を先頭集団の中に確保し続ける必要がある。周りも自分の仲間で固めてあればさらに理想的だ。それを抜かりなく実行してきたウォーレイを、縦巻き髪《ロールヘア》の少女が感心をもって眺める。

「見事な采配です。個人戦よりむしろ、大規模な戦いで指揮を執った時に真価を発揮する人物なのかもしれませんわね。魔法使いには少々珍しいタイプですが」

「つっても事前に根回しはしてあんだろ？　足並みは揃《そろ》って当たり前じゃねぇのか？」

「その根回しの手腕も含めて、ということだ。この学校の生徒たちを自分の用意した流れに乗せて動かすこと自体が生半な難しさじゃない。君なら、そうだな……ロッシやオルブライトに同じような要求をするのを想像してみるといいだろう」

「そりゃきついな……。グリフォン手懐《てなず》けるほうがずっとマシだ」

オリバーの喩《たと》えを聞いたガイがげんなりした顔になる。その間にも戦況は推移していき、合戦に介入した四～五年生たちは刻一刻と敵軍の将軍へと近付きつつあった。ウォーレイの指揮で先に流れを作られているため、後続の生徒たちにはもはやそれを妨害する手立てがない。予選には現生徒会の支持者も多数参加しているはずだが、この学年の今の段階ではレオンシオ一党が一枚上手と見えた。

「——そこまで！　既定の人数がゴールしたため、これにて予選終了！　本戦通過者はおめでとうございます！　惜しくも届かなかった連中は存分に悔しがってください！　泣こうが喚《わめ》こうが全ててめぇらの力不足ですので！」

三層のゴールが締め切られると同時に試合終了を告げる実況のグレンダ。相手が上級生だとコメントにも情け容赦というものがない。舌打ちして引き上げていく予選敗退者たちの姿には目もくれず、彼女はすぐさま次の案内に移っていく。

「コースの整備を挟みまして、二時間後から六〜七年生の予選を開始します！　基本のルールは同じですが、コースの難易度は四〜五年生よりもさらにアップ！　キンバリー最上級生たちの走りに期待しましょう！」

二時間後、予選開始を控えて迷宮一層に集った六〜七年生たち。同じ上級生でも闘争心にギラつく四〜五年生たちとはまた違い、こちらの雰囲気は一見して静かなもの。中には和やかに談笑している者すらあるが——それは畢竟《ひっきょう》、彼らが日常から殺し合いに移るための準備を必要としないことの裏返しでもある。この学年に至るまで潜《くぐ》り抜《ぬ》けてきた修羅場と鉄火場が、その精神を自《おの》ずと形作るのだ。

「——予選程度と油断はするな」

そうした最高学年の筆頭とも言える生徒――学生統括アルヴィン＝ゴッドフレイがよく通る声で言い放つ。周りに集まった生徒会の面々は元より、その他の生徒の耳にも届くように。

「いや、言い直す。最大限警戒しろ。……四～五年生のコースより一回り二回り難しい程度、などとは絶対に決めてかからないように」

「ま、そうですね」

「教師どもの悪趣味は心得ている」

彼の言葉に頷《うなず》きつつ、側近のティム＝リントンとレセディ＝イングウェは隣の集団へ意識を向ける。そちらは競技開始を待つレオンシオ一党だ。教師たちが用意した課題に負けず劣らず彼らへの警戒も欠かせない。直接の妨害を禁じるルールなど、この学年では気休め程度のものなのだ。

ふたりの視線を感じたレオンシオが鼻を鳴らし、その隣でエルフの女が陰惨に嗤《わら》う。

「そう睨《にら》んでくれるなよ、レセディ。妨害などしないさ。それは禁止だとルールにちゃんと書いてあるだろう？」

「お前に遵法精神を期待するほど愚かではない。妙な真似《まね》をすれば無警告で撃つ、それだけだ」

レセディが一言の下に切って捨てた。この競技でもルールを無視して襲撃してきた生徒への反撃は許可されており、彼女らの動き次第では競技そっちのけの全面戦争すら起こり得る。が、それはさすがに誰にも益がないので、今は二大勢力であるゴッドフレイたちとレオンシオたちが横並びに位置して互いを牽制《けんせい》し合っている形だ。

そうして無言で圧力を掛け続けるレセディたちの横から、前髪で片目を隠した魔女がひょっこりと顔を出す。

「寄らば大樹の陰。私も同行させてもらっていいかい？」

「無論そうしろ。お前も生徒会《ウチ》の駒だ。こんなところでうっかり脱落されてはたまらん」

そう言ってレセディが軽く頷《うなず》いてみせると、ヴェラ＝ミリガンはこれ幸いとばかりに彼女らの一団に加わった。次期統括候補という立場上、ミリガンは妨害の的にされる可能性が高い。競技中にゴッドフレイたちの近くにいるといないとでは雲泥《うんでい》の差《さ》である。

互いに脇を固めて競技開始を待つ両勢力の様子に、ティムが小さく鼻を鳴らす。

「……互いにこれだけ固まってれば、そうそう妨害も難しいとは思うけどな」

「統括が気にしているのはそれじゃないんだろうね。もっと別次元の何か――」

言いかけたミリガンの声が途切れ、その視線が弾《はじ》かれたように背後を向いた。同時に一点へ集中する生徒たちの視線。邪教の神父《プリースト》じみた威厳をまとって、ひとりの七年生がそこに立つ。

「――剣呑《けんのん》だな。まだ争っていたのか、貴様ら」

「……君の目当てが来たぞ、レイク」

スタート直前の六〜七年生の中に悠然と現れた魔人の姿を、観客席のオリバーたちもまた見て取っていた。席から立ち上がったユーリィが食い入るように映像を見つめる。

「あの人がリヴァーモア先輩かぁ。うん、聞いた話通りだ。雰囲気あるねぇ」

「俺が言い出したことではあるが、本当に現れるとはな……」

厳しい面持ちで呟《つぶや》くオリバー。その隣で、ユーリィが落ち着きなく体を揺らす。

「うーん、早くお喋《しゃべ》りしてみたい。どこで待てばいいかな？」

「慌てるな。ルール上、予選が終われば生徒は一度全員校舎に戻るはずだ。その時に話しかければいい。……もし上手《うま》くいかなくても、間違っても今の迷宮に突っ込んだりはするなよ」

オリバーが重ねて釘《くぎ》を刺しておく。ユーリィに自殺行為をさせないための思考が、試合中にも負けない勢いで彼の頭を巡っていた。


にわかに明るさが一段減ったように感じられる迷宮一層にあって、最初に動いたのは前生徒会派閥の長であるレオンシオだった。古馴染《なじ》みへそうするように、彼は気さくにリヴァーモアへ声をかける。

「ほう、来たのかリヴァーモア。珍しいな、こうした催しに顔を出すのは」

「どこへなりと来るとも。そこに目当てがあればな」

さらりと応じる男。その返答にゴッドフレイが眉根を寄せる。

「お前も竜心結石《ドラグリウム》が狙いか。……校長もとんだ人参《にんじん》をぶら下げてくれたものだ」

「そういうお前たちは選挙戦への影響が第一か？　不純なことだな、まったく」

リヴァーモアが皮肉で返し、そこに監視ゴーレムを通して響いたガーランドの声が競技の開始直前を報《しら》せる。レセディが真っ先に杖剣《じょうけん》を抜いた。

「お喋《しゃべ》りはそこまでだ。……始まるぞ」

少しの間を置いて響き渡るカウントダウン。開始と同時に始まるだろう二大勢力の先頭争いに備えて、どちらの陣営にも属さない者はとばっちりを嫌い後方に身を置く。そうして生徒たちの間で無数の駆け引きが交わされ、

「3、2、1……スタート！」

競技開始の瞬間。その全てを無に帰す形で、ゴッドフレイが足元へ杖剣《じょうけん》を向けた。

「**炎よ集え《カルディ》　熔かし貫け《イグニス》！**」

男が放った灼熱《しゃくねつ》の炎によって、スタート直後の六〜七年生たちの足元に穿《うが》たれた大穴。今なお全体が赤熱するその中へ、ゴッドフレイとその一党が迷わず身を投じていく。一拍遅れて

他の生徒たちもまた続いた。開幕早々の出来事に実況のグレンダが叫ぶ。

「こっ――これは大胆！　ゴッドフレイ統括、通路を無視して床をブチ抜いた！　まさかまさか、二層まで文字通りの最短距離で向かおうというのか⁉」

観客席が一斉にざわついた。同じ光景を眺めていたオリバーが額を抱える。

「……相変わらず……いや、以前にも増して呆《あき》れるしかない火力だ。迷宮の枠組みさえ力技で貫けるのか、あの人は」

「すげぇけど……ちょっと強引すぎねぇか？　あんなことしなくても、あの人なら予選通過なんて楽勝だろうに」

やり方に疑問を覚えたガイが首をかしげる。そこにピートが声を上げた。

「いや、違う。掘り抜いたショートカットは他の生徒にも利用されるのに、それを防ごうとする様子がない。……自分が勝つためのやり方じゃないな、これは」

最初に穿《うが》った穴を抜けて別の通路に降り立ち、今度はそこを走り出したゴッドフレイたち。ほどなくその隣に追い付いてきたレオンシオが、集団の先頭を行く男に話しかけた。

「――あまり上品な方法ではないな、ゴッドフレイ。『不必要に破壊を行わない』迷宮トレイルランの原則を忘れたのか？」

「今回は無視させてもらう。……嫌な予感がまとわりついて離れないのでな」

ちらりと後方を窺《うかが》いながらゴッドフレイが答える。彼が開通したルートを辿《たど》った生徒たちが追ってきているのが見えていた。と、レオンシオの後ろを走る前生徒会陣営の錬金術師、ジーノ＝ベルトラーミが男の意図を酌《く》んで頷《うなず》く。

「……なるほど。時間を短縮したいのではなく、後続の生徒をばらけさせたくないのですね」

「ハア、ハ――いいじゃないか。私は一向に構わないよ。このままみんなでお手々繋《つな》いで仲良くゴールでも」

嗤《わら》うキーリギをレセディが横目で睨《にら》む。その間にも、次のショートカット地点に見当を付けたゴッドフレイが杖剣《じょうけん》を構える。

「俺の思い過ごしだったなら、この不作法は後で詫《わ》びよう。……むしろ、そうあって欲しいと願っている。**炎よ集え**《カルディ》 **熔かし貫け**《イグニス》！」

床に本日ふたつ目の大穴が穿《うが》たれる。それが予《あらかじ》め決められたコースであるかのように、誰もが躊躇《ちゅうちょ》なくその中へ身を投じていった。

「……こ、これは実況泣かせ！　統括のパワープレイのせいで展開がスムーズすぎて見所がありません！　通路の破壊は禁止にすべきだったのでは、ガーランド先生！」

仕事を奪われた実況のグレンダの悲鳴に、魔法剣の教師が苦笑を浮かべる。

「そう言われると返す言葉はないが……まぁどの道、この学年が一層で手こずるとは思っていない。『ルールは可能な限り緩く』が今回のリーグ戦のコンセプトでもあるからな」

「だとしても、この世に暇な実況者ほど切ない存在はない！　これで一体どうやって場を繋《つな》げと言うのでしょうか！　統括にはもう少し私の気持ちを考えて欲しいものです！」


反則めいた方法で一層を突破、というよりも半ば省略した六〜七年生たち。先頭と最後尾が互いに目視できるほどの距離感のまま、彼らの足取りは次の障害に差し掛かっていた。

「——二層に抜けたな。森を焼き払って進むだけなら、ここは楽なものだが——」

快調に茂みの中を駆けるゴッドフレイたちの足取りがそこでふいに止まる。これから突入していく森林の上空に、見慣れた鳥竜たちに代わって、その数倍の体軀《たいく》と屈強な翼を持つ竜たちが飛び交っていたからだ。男が眉根を寄せる。

「……翼竜《ワイバーン》が配置してあるのか。五層と変わらんな、これでは」

「大地竜《リンドヴルム》がいないだけマシだろう」

「どうかな。森の中にもいそうだよ、厄介なの」

鬱蒼《うっそう》と生い茂る樹木の中を見つめてティムが言う。常に無数の生命が息づく二層の森だが、今はひときわ不穏なざわめきに満ちていた。目立つ翼竜《ワイバーン》に警戒させておいて、より厄介な障害を森の中に潜めておく――いかにもキンバリーの教師たちが考えそうなことである。対処を数秒考えた末、一層の時と同様、ゴッドフレイはこれも台無しにする方針で決めた。

「止《や》むを得《え》んな。……ティム、毒を撒《ま》け」

後続の生徒たちが一斉にざわつく。命じられたティムが凶悪な笑みを浮かべて腰のポーチの蓋を開けた。

「待ってましたよ、その指示。――全員下がって息止めろォ！」

言われるまでもなく誰もがそうしていた。直後にティムが両手で投擲《とうてき》した八本の瓶が放物線の頂点で炸裂《さくれつ》、霧となって空中に漂い始める。後ろのゴッドフレイたちがすぐさまそこへ杖《じょう》剣《けん》を向けた。

「吹けよ疾風《インベトウス》！」

「「「吹けよ疾風《インベトウス》！」」」

彼らの操る風が上昇気流となって霧を上空へ運び始める。悠然と空を飛び交う翼竜《ワイバーン》たちのもとに、それはまもなく届き――耳を劈《つんざ》く絶叫が二層の全域を満たした。

「――『毒殺魔』が猛毒を散布！　うわァ、こりゃひどい！　まともに食らった数頭が真っ逆さまに落ちたのを見て、翼竜《ワイバーン》たちが空中で二の足を踏んでます！　並行して地上の木々もどんどん枯れていく！　いったい何を撒《ま》いたんだティム＝リントン！」

「竜に効く毒の調合というのは本来、一流の錬金術師でも至難を極めるのだがな……。だいぶ前にダリウスがぼやいていたのを思い出すよ。『虫刺されに塗る軟膏《なんこう》ひとつ作れんのに、毒の調合のみ天才的というのは悪辣が過ぎる』と。まぁ、うん、おおむね誉《ほ》め言葉だ」

もはや何度目とも知れない実況の悲鳴に、ガーランドがため息交じりのコメントを添える。用意した課題が片っ端から破壊されていく光景に、しかし、それでいいと彼は思う。この先に待ち構える障害に比べれば、翼竜《ワイバーン》などはほんの露払いでしかないのだから。


生徒たちの上空で再び炸裂《さくれつ》する複数の硝子《ガラス》球。彼らの操る風に乗ったその中身が、先に撒《ま》かれたティムの毒の軌跡をなぞるようにして広がっていく。毒性が中和されたその範囲内を辿《たど》ってゴッドフレイたちが走り始めた。

「――統括、さすがに一言言って頂けませんかね。私のフォローを前提に毒を撒《ま》かせる時は」

対抗薬を撒《ま》いた錬金術師、ジーノ＝ベルトラーミが軽く文句を付ける。枯れた木々の合間に死屍累々《ししるいるい》と横たわる魔獣たちの姿を横目にしつつ、ゴッドフレイが微笑して返した。

「すまないな、Mr《ミスター》．ベルトラーミ。ティムの毒に完全な対処ができるのは校内で君ぐらいだ」

そう相手を評価する。校内でも指折りの錬金術師であるジーノの存在がなければ、ゴッドフレイもここまで大胆な指示は出せなかった。が、そこでティムが不満げに鼻を鳴らす。

「余計なお世話だってーの。そもそもフォローとか要らないんだよ、今回はマイルドなの用意したんだから。うっかり人が吸ったって何てこたない、丸五日くらい高熱と激痛でどったんばったん悶《もだ》え苦しむだけ。ねぇ統括、優しいでしょ？」

「うん。そういうところだぞ、ティム」

「フン。眩暈《めまい》を覚えるほど下品なやり方だが、翼竜《ワイバーン》どもを牽制《けんせい》できたのは良しとしよう」

隣を行くレオンシオが傲然と鼻を鳴らした。そんな彼にすっと身を寄せてキーリギが囁《ささや》く。

「……いいのかな？　主導権を握られているが」

「面白くはない。……が、私の勘も告げていてな。ここは面白くないのが正解だと」

含みありげなレオンシオの言葉にキーリギがふむ、と唸《うな》る。そんな彼らとの距離を一定に保ちつつ森を抜けて、さらにゴッドフレイたちは速度を落とさず巨大樹《イルミンスール》を登り始めた。翼竜《ワイバーン》と魔獣を毒で牽制《けんせい》した今、その足取りを阻《はば》む物は何もない。あっさりと樹の峰《ピーク》を越えていき、そこから一気に太い枝を駆け下りたところで、二層の横断を目前にしてレセディが口を開く。

「……じき冥府の合戦場だ。油断するな、四～五年生であの規模だ」

「心配ない心配ない。ちゃんと骨をよく溶かす毒もあるから」

ティムが腰のポーチを叩《たた》いて軽く請け合う。後続の生徒たちとの距離もスタート直後とほぼ変わらないまま、それから走り続けること数分――それぞれの集団の先頭を行くゴッドフレイとレオンシオが、ふいに鋭く声を発した。

「「――止まれ！」」

一斉に足を止めるふたつの集団。どちらにも属さない後続の生徒たちですら、その声音に只事《ただごと》でない何かを感じて足並みを揃《そろ》えた。先頭のゴッドフレイたちが厳しく見据える先で、彼らの足を止めた原因が振り向く。

「――おー、来たかァ。思ったより早かったな」

魔法生物学の教師バネッサ＝オールディスが声を上げる。いつもの白衣は羽織っておらず、肩を出したその装《よそお》いは至って簡素《ラフ》なもの。まるで軽い走り《ジョグ》に出掛ける前のような。

「……バネッサ先生……？」

「ちょうど準備運動も終わったとこだ。じゃあ始めンぞ」

両腕を頭上でぐっと伸ばしながらバネッサが言う。それを聞いたゴッドフレイたちが否応《いやおう》なく意識するのは、彼女の背後に堆《うずたか》く積み上げられた膨大な白骨の山。……四～五年生の予選の時、ここには万を超える骨の兵士《スパルトイ》の軍勢が展開していた。競技終了から二時間の間に陣形を再編し、あるいはさらに内容を強化した上で、彼らは次の来訪者を待ち構えていたかもしれない。

だが、そこへ最初に訪れたのは――。

「……失礼、先生。それはつまり」

「アタシが相手だ。不足はねぇだろ？」

断頭台《ギロチン》の刃を落とすにも似た宣言。ゴッドフレイが奥歯を噛《か》みしめる。かねてより彼が覚えていた「嫌な予感」の、それは最悪の形での実現だった。

「……レオンシオ。いや、この場の全員。今だけでいい。対立は全て忘れろ」

男の言葉が重く響く。その意味を解《かい》さないような者はひとりもいない。頭でなく肌で、理屈でなく本能で感じている。今、ひとりの女の形を取って自分たちの目の前にあるもの――それが「死」であるのだと。その背後に聳《そび》える白骨の山と自分たちの間には、もはや皮一枚ほどの違いもないのだと。

「分かるだろう。さもなければ、ここで潰《つい》える。我々全員の命運が――！」

映像にバネッサの姿が現れた瞬間、実況のグレンダの顔から温度がすっと消えた。

「――先生。これは」

「………」

問われたガーランドは押し黙ったまま。観客席のざわめきを感じながら、彼は少し前の出来事を思い返す。

「――六～七年生の予選に関して一点。終盤の障害にバネッサを配置しろ」

ある日の正午過ぎ。呼び出された校長室でキンバリーの長から下されたその命令に、ガーランドは一瞬耳を疑った。

「……お待ちください、校長。配置とは具体的に――」

「戦わせる。上級生らの命を脅《おびや》かせ。全員に本気を出させろ」

まさか文字通りの意味ではないだろうと考えた男へ、いかなる建前も挟まずにエスメラルダは言い切った。窓際《まどぎわ》に背中を向けて立つキンバリーの魔女を見つめて、ガーランドがこぶしを握り締める。

「……炙《あぶ》り出《だ》し、ということですか。死線に踏み込ませて虚飾を剝がすと？」

「評価を洗い直す。教師を殺しうる力を持つのはどの生徒か」

魔女が答える。今回の決闘リーグに法外の賞金・賞品を設けたのも、そもそもはそれが理由。最上級生たちの力を測るためには生半な課題では足りず、よって最悪の障害を用意する。彼女の中で論理はどこまでも自明である。

「こちらのガス抜きの意味合いもある。……管理下の魔法生物を狙われる事件が続き、バネッサの忍耐がそろそろ限界だ。この機会に一度暴れさせておく」

ガーランドが反論の言葉を選んでいる間に校長が理由を付け加える。それは確かに男も感じていたことだった。正体不明の敵から一方的に攻撃を受けている状態で、あのバネッサ＝オールディスがいつまでも大人しくしているわけがない。何かしらの形で爆発される前に、程よいところで鬱憤を晴らさせておく必要があるのも確かだろう。だが、問題は、

「死人を出さずに済みますか。彼女が暴れて」

きっぱりと懸念《けねん》を口にするガーランド。彼は知っている。迷宮の深層から連れてきたどんな魔獣と対峙《たいじ》するよりも、バネッサ＝オールディスの憂《う》さ晴《ば》らしに付き合うのは危険であると。その認識はもとより共有した上で、なおも校長は淡々と答えた。

「あれにも食い物と生徒を見分ける程度の分別はある。危ういとすれば――上級生らが、うっかりあれを楽しませ過ぎた場合か」

「――そういやルールなんてのもあったな。あー、あれだ。アタシを身動き取れなくするか、でなきゃいいのを一発入れろ。他にもゴチャゴチャあった気がするが忘れた。分かりやすくていいだろ？」

課題というには余りにも雑な条件を口にしつつ、バネッサがつかつかと六～七年生の集団へ歩み寄る。目の前の顔ぶれをざっと見回し、そこで一言。

「で、お前ら。――どの程度なら殴っても壊れないんだ？」

問いと同時に生徒たちが一斉に散開する。互いに距離を開けてバネッサを全周から包囲する陣形はしかし、多勢に無勢の見た目とは裏腹に、極めて切実な保険の意味を持っている。即《すなわ》ち――誰かが死ぬ時に、この形なら大勢を巻き込まない。

「……コォォォォ……」

魔力循環の操作によって体内の備蓄魔力を解放するゴッドフレイ。全身から青い炎を立ち昇らせるその様子を眺めて、バネッサがにぃと笑う。

「お前は久々に本気モードか。いいぜ、そうこなくっちゃァな」

「焼いて浄めよ《イグニス》！」

「焼き照らせ《ソリスルクス》！」

「「「「「「焼き尽くせ《フォルティス》　灰も残さず《フランマ》！」」」」」」

ゴッドフレイとレオンシオが先駆けの呪文を放ち、他の生徒たちが一斉にそこへ続く。集中砲火の的にされたバネッサはいかなる回避の素振りも見せず、人ひとりを消し飛ばして余りある威力の魔法は全て彼女へと着弾し、

「よっ」

炎熱と閃光《せんこう》の中から何かが飛び出した。彼らが辛《かろ》うじてそれを認識した瞬間、呪文を放った直後の女生徒の体がバチンと弾けて飛んだ。千切れた手足が墓標のように地面へ突き刺さり、

彼女と隣り合った位置にいた生徒たちの体がさっと朱に染まる。

「——か……」

腰から上だけが残った女生徒の口が力なく声と血を吐き出す。巨大な右こぶしを振り抜いた体勢で、バネッサがあちゃー、と呑気《のんき》な声を上げる。燃え尽きた衣服の下から鋼じみた光沢が覗《のぞ》く。

「悪ぃ、今のはちっと強すぎた。——思い出したぜ。柔らけぇんだよなお前ら」

「「「「「「圧し潰せ《イクストルデイートル》！」」」」」」

悲鳴も絶叫も誰ひとり上げず、ただ呪文の合唱がそれに代わる。家一軒をこぶし大に凝縮するほどの圧力がバネッサを空間の一点に押し込めた。ひとり目の犠牲から得られた情報はふたつ——束ねた魔法は傷ひとつ相手に与えられず、その移動は最高速度において視認を超える。よって敵の姿を一瞬たりとも見逃してはならず、魔法攻撃は原則として視界の悪化を伴ってはならない。誰かが指揮を執るまでもなく、それを全員が弁《わきま》える。

「ふん、こりゃアレだな。何万フィートだか海ン中潜った時のこと思い出すぜ」

まさしく極深海の水圧にも等しい圧迫の中を、呪文のひとつも唱えないままバネッサは鼻歌交じりに歩き出す。およそ信じがたい光景だが、それを予想しなかった者も生徒たちの中にはまたいない。

「「「「溶けて流れよ《ルトウムリームス》！」」」」

バネッサの足元の地面が呪文を受けて砂と化し、その体が自重と圧力によって沈み始める。瞬《また》く間《ま》に膝まで埋まった自分の姿を、彼女は腕を組んで見下ろす。

「おー、こっちが本命か。ソツがねぇなァ」

「「「「砂よ渦巻け《インベトゥス》！」」」」

地下から生じた砂の流れがバネッサの全身を一息に引きずり込む。が、それも序の口に過ぎない。なおも重ねられる呪文によって、その場所を中心とする一帯が砂の海となって渦巻き始める――。

「な――なんだ、ありゃ」

静まり返った観客席の中、ぽかんと口を開けて理解を超えた光景を眺めるガイ。一瞬たりとも見逃すまいと映像に目を凝らしながら、オリバーがそこに解説を加える。

「……収束呪文の応用だ。広範囲の地面を流動性の高い砂に変え、その砂に多人数が同じ方向で力を加えることによって渦潮のような流れを作っている。全員が手練《てだ》れでなければ成り立たない技だが」

「その分、拘束手段としてはこの上なく有効ですわね。いくらバネッサ先生に力があっても、絶え間なく流れ続ける砂の中では踏ん張りが利きません。頭までは埋まっては呪文も唱えられず、あれでは脱出のしようが――」

シェラの声が途切れる。彼女の目は捉えていた。上級生たちが造り出した砂の海の外側で、地面から何かが勢いよく飛び出す様を。

背後で何かが爆《は》ぜた。彼らがそれを感じて振り向いた時にはもう、ふたりの生徒が上半身の半分を利き腕《うで》ごと失った後だった。

「――な――」「……！」

同時に、彼らはそれを目にする。背骨に沿う形で生《は》え揃《そろ》った鋭利な背鰭《せびれ》。両足の先端には分厚い尾鰭《おびれ》を備え、極めつけは片腕全体が巨大な顎と化したその異形。即《すなわ》ち、先刻までとは全く異なる生物へと変じたバネッサ＝オールディスの姿を。

「砂ァ泳ぐのは久々だ。いい運動になったぜ」

そう口にする間も、不要になった鰭《ひれ》と顎は速やかに収縮していく。生徒たちは認めざるを得ない――それらの身体部位を用いて、彼女が砂の渦潮から泳いで脱出したという事実を。

それでも呆《ほう》けている暇などない。砂の拘束が破られても、今ならまだ地上での活動に向かない部位が変化しきらず残っている――そう踏んだ数人がバネッサに杖剣《じょうけん》で斬りかかった。正面と側面、背後の三方向から急所を狙った同時攻撃。尋常の相手なら三度殺せる彼らの刃は、しかし皮一枚を裂くこともなく体の表面で弾《はじ》かれた。

「⁉」「刃が、立たな……！」

「ははッ。チャンバラするかァ？」

バネッサが笑う。砂中を泳ぐための鰭《ひれ》を仕舞い終えた背中から、今度は先端に鋭い刃を備えた何本もの腕が生え伸びる。ヒトや獣よりも蟷螂《かまきり》の腕に似たそれらが生徒たちの杖剣《じょうけん》に応じ、精密極まる動きによって彼らの攻撃を悉《ことごと》く打ち払う。

「う、お……！」「さ、下がッ――」「がッ！」

反撃を受け損じたひとりが腰の上から真っ二つになって崩れ落ちる。そうなる前に辛《かろ》うじて後退したふたりを、今度はバネッサのほうが悠然と追っていく。背中から六本の刃腕を生やして、ヒトの両腕は胸元で組んだまま。

「ナマクラだなァ、お前らの得物は。アタシの爪のほうがよっぽど斬れンぞ」

「オォォッ！」

その瞬間、横合いからの一撃がバネッサのこめかみに直撃した。二度の踏み立つ虚空《スカイウォーク》を経て空中で繰り出したレセディ＝イングウェの蹴撃である。爪先に仕込んだ剛鉄《アダマント》の重さと硬さを余すところなく打撃力に変えた結果、その激突は丸太で鐘を打つにも似た重い音を響かせ、

「いい蹴りだ。でも、ちっと軽いな」

なおも直立不動でバネッサが笑う。膝を伝って肩まで昇ってきた痺《しび》れに、一体自分は何を蹴

ったのかとレセディが歯を食いしばる。蹴りの反動で離脱を試みる彼女だが、その背中を追って二本の刃腕が走り、

「『強く押されよ《イクストルデイートル》！』」

フォローに入ったゴッドフレイとレオンシオの呪文が、それぞれ一本ずつ刃腕を押して軌道を逸《そ》らした。危うく難を逃れて着地したレセディが次の行動へと移る中、そんな彼女から離れた場所に立つふたりの錬金術師が言葉を交わす。

「……ティム君、全力でやれ。後始末は僕が引き受ける」

「言われるまでも――！」

ティムの投擲《とうてき》した瓶が空中で炸裂《さくれつ》し、ジーノの操る風がそれを運ぶ。二層の序盤で使ったものとは毒性も濃度も桁違いである。生徒たちが一斉に後退する中、命という命を片っ端から蝕《むしば》む死の霧がバネッサへと押し寄せ、

「リントンの毒か。――ヒュウッ！」

その光景を前に、彼女は鋭く息を吸った。ただそれだけで気圧が急激に下がって周辺の大気がごうと押し寄せ、毒霧もまた余さず彼女の肺の中へと吸い込まれる。胸に収めたそれを数秒味わうように黙り込み、バネッサはぺろりと舌を出す。

「んー、ちぃと甘口だな。次よこせ次」

「化け物が……！」

絶叫じみた声でティムが毒づく。そんな彼とジーノを次の獲物に見定め、バネッサが動き出そうとした瞬間——突如として周囲の地面から大木ほどの「根」が生え伸び、それらが彼女の全身に巻き付いて締め上げた。

「あァ——？」

自分を中心に何重にも重なっていく「根」をバネッサが訝《いぶか》しげに見下ろす。数秒でその正体に見当を付けると、彼女は生徒たちの中でただひとり、身を屈《かが》めて杖剣《じょうけん》を地面に刺している人物へと目をやった。

「巨大樹《イルミンスール》の根かこりゃ。お前がエルフ魔術を使うのは珍しいなァ、キーリギ」

「向いていないのでね。ひどく疲れるんだ、これは」

ため息交じりにキーリギが言う。エルフが種として持つ植物との親和性の高さは広く知られており、それは遡れば太古の昔に「神」から与えられた権限へと繋《つな》がる。これまた旧《ふる》い種である巨大樹《イルミンスール》はその術理ととりわけ相性が良く、術者の手際《てぎわ》次第で急速な成長を誘導することも可能だ。

「おォ——？」

先端に獲物を捕えたまま巨大樹《イルミンスール》の根がぐんと上空へ伸びる。地上から百フィートほど離れたところでバネッサが力づくで拘束を破り、その体が空中に投げ出された。重力に従ってまっすぐ落ちてくる彼女へ、地上の生徒たちが一斉に杖剣《じょうけん》を向ける。

「今だ、浮かべろ！　重《クーラビートル》さ忘れよ！」

「「「「「「「重《クーラビートル》さ忘れよ！」」」」」」」

ミリガンの指揮で放たれた呪文がバネッサの体を空中に縫い止める。が、その瞬間から凄《すさ》まじい負荷が彼女らを襲った。山を丸ごと支えるような感覚に生徒たちが歯を食いしばる。

「おッ、重ッ……！」「耐えろ！　魔力を使い切ってでも落とすな！」

「あァ、今度は宙ぶらりんで無力化か。まぁ悪くねェんだけどよ」

仰向けに浮かんでいたバネッサがくるりと姿勢の上下を反転し、その両手を地上へ向かって突き出す。たちまち腕が百フィートの距離を越えて伸び、その先端で巨大化した掌《てのひら》が地面を固く摑《つか》む。

「翼生やすまでもねェ。こんくらい、手ェ伸ばしゃ届くぜ？」

鷲摑《わしづか》みにした地面を彼女がぐいと引いた瞬間、ミリガンたちの呪文は決定的に力負けして消失した。空中からまっすぐ地面に帰還したバネッサだが、そんな彼女が立つ場所を、ふいに巨大な影が覆う。

「……久しぶりに組んだぞ。ここまでの大物は」

骨の兵士《スパルトイ》たちの残骸の中にひとりの男が立つ。その背後の上空で、巨大樹《イルミンスール》にも匹敵するサイズの白い大蛇が鎌首をもたげていた。よくよく観察すれば、その白蛇の全身は夥《おびただ》しい数の人骨から成っていることが見て取れる。バネッサが蹴散らした万を超える骨の兵士《スパルトイ》たちの残骸から、それはサイラス＝リヴァーモアが自らの術理をもって組み上げたもの。

「寄せ集めの粗悪品だが、形だけは整えた。──呑《の》み込め、世界蛇骨《ヨルムンガンド》」

「ハ、こりゃいい。殴り甲斐《がい》があるじゃねぇか──！」

圧倒的な質量で迫りくる骨の大蛇に、バネッサは嬉々《きき》として自ら向かっていく。握り締めた右こぶしから肩に至るまでの筋骨が内側からめきめきと発達する。そうして恐ろしくアンバランスに巨大化した右半身に途方もない力が籠もり、

「おらァ！」

頭上に迫った大蛇の頬っ面に、バネッサは横合いから強烈なフックをお見舞いした。打撃を受けた蛇頭が無数の骨片となって散らばり、そこから伝播《でんぱ》した衝撃によって長大な体があちこちで綻ぶ。ただの一撃で崩壊寸前となったリヴァーモアの大作を前に、こぶしを振り抜いた直後で大きく傾いた体勢のまま、女は唇をつり上げて笑う。

「ハハッ、悪ぃな！　力ァ入れすぎ──」

昂揚《こうよう》のまま彼女が声を上げた瞬間、その左右の脇腹を鋭い衝撃が走る。同時にふたつの気配が両脇を通り過ぎていき、バネッサはきょとんとして自分の体を見下ろす。

「……あァ？」

正面から背中へ抜けた二筋の切り傷を、彼女はそこに見て取った。そんなバネッサに二十ヤードほど距離を開けて向き直り、ゴッドフレイとレオンシオが並んで杖剣《じょうけん》を構える。

「……右胴に一インチほど斬り込んだ。そちらは？」

「左に同じ程度だ。……大振りの瞬間を狙ったのは正しかったようだが」

成果を報告し合ったふたりが眉根を寄せる。初めて負わせた傷とはいえ致命打には程遠く、ダメージとして勘定できるかどうかも怪しい。そして何より、同じ方法は二度と通じるまい。

「……おォ。斬られた痛みか、こりゃ。

ハハッ、戸惑っちまったぜ。久しぶりすぎてよォ」

自分の傷を両手で叩《たた》いてバネッサが笑い、それから振り向いてふたりの七年生の姿を正面に捉える。周囲を取り囲む生徒たちが固唾《の》を呑む中、その瞬間から、彼女の全身の骨格がめきめきと音を立てて変形を始めた。

「もっと遊びてェな。お前らとは――」

「そこまでです、バネッサ先生」

体の変化がぴたりと止まる。上空に浮かぶ監視ゴーレムから響き渡ったガーランドの声が、バネッサの頭にさらなる冷水を浴びせる。

「全身の変化は禁止と言ったはず。何より、今の二撃は有効打とこちらで判定します。あなた風に言うなら『いいの』がすでに二発入りました。競技のルールに従い、今すぐ生徒たちを通して撤収してください」

「……。おい、ガーランドの坊やよォ。いつからアタシに命令できるほど偉くなった？」

バネッサがゴーレム越しに相手を睨《にら》み返す。一度止まった変化が全身で再開し、骨とも角とも付かない突起が背中に生え伸びる。

「撤収なんてとんでもねぇ、やっと盛り上がって来たところじゃねェか。面白ぇのはこっからに決まってる。なぁ、そうだろお前ら――」

「駄目だよぉ、バナちゃん」

喉を潰された羊の喘鳴《ぜんめい》を思わせる嗄《しゃが》れ声が割って入り、同時にバネッサの両肩に真っ黒な何かがしなだれかかった。夜闇のいちばん濃い部分をさらに煮詰めたようなその中に、幼さを残す少女の顔がぽっかりと青白く浮かぶ。

「……ディア」

「楽しいのは分かるけど、ルゥくんの言う通り。それ以上は誰か壊しちゃうよねぇ」

呪術の担当教師バルディア＝ムウェジカミィリが耳元で囁《ささや》きかける。その傍《かたわ》らで、彼女の暗い瞳が生徒たちをぐるりと見渡す。

「玩具が壊れたら悲しいのはバナちゃんだよぉ。ほぉら、よぉく見て。大事に使えばまだまだ遊べる子ばっかりじゃない。ねぇ――みんな？」

にぃと笑いかけられた生徒たちの背筋に凄《すさ》まじい怖気《おぞけ》が走る。彼女の声も仕草も表情も、その全てが余すところなく呪いである。バネッサの暴走を止めに来たはずの彼女の存在が、むしろ生徒たちにはふたつ目の脅威として感じられ、

「……はン」

だからこそ。その声に促されて、バネッサの全身が変化を巻き戻すようにして人の形に戻るのを見た時──彼らはようやく、自分たちが死線を越えたのだと実感した。

「白けた。勝手にしろや」

「ふふふ～。聞き分けのいいバナちゃん好きぃ」

踵《きびす》を返《かえ》して校舎の方向へ去っていくバネッサ。その背中にべったりと張り付いたまま、バルディアもまた生徒たちの前から去っていく。ふたりの背中を見送る生徒たちの頭上から、そこでふいに白く輝く羽根が降ってきた。同時にガーランドの声が響き渡る。

「その羽根は、今の戦いで優れた動きを示した者のもとに降っている。羽根を得た者は先に進み、そうでない者は五分間ここで待機してから出発するように。行動不能の負傷者は救護班が速やかに回収する。──説明は以上だ」

話が結ばれると、三層の方角から救護担当の生徒たちが駆け付けて手際《てぎわ》よく負傷者の救命を始めた。傷を負った者はほぼ全員が重傷、それも人体の原型を残している者のほうが少なかったが、脳と心臓が無事であれば即死はしないのが魔法使いというものだ。その境界を越えた生徒がいないことを見て取り、ゴッドフレイが大きなため息をついて杖剣《じょうけん》を下ろす。

「……どうやら──」

安堵《あんど》と共に零《こぼ》れかけた男の声。だが──背中から走った衝撃で、それが途切れる。

「死人を出さずに守り切った。そう考えた瞬間に隙が生じたな、ゴッドフレイ」

ゴッドフレイが愕然《がくぜん》と首を後ろに回す。彼の背中に杖剣《じょうけん》を突き立てた体勢で、サイラス＝リヴァーモアがそこにいた。死闘の直後に生じたわずかな油断を逃さずに。

「――リヴァーモア、貴様」

声を上げかけたゴッドフレイの背中から刃が引き抜かれ、彼はその場に膝から崩れ落ちる。冷然とそれを見下ろすリヴァーモアの杖剣《じょうけん》の先端に、血で斑《まだら》に染まった白い塊が浮かぶ。

「最初に言ったはずだ、目当てがあると。……流石《さすが》に良《い》い胸骨だ」

「ゴッドフレイ！」「何やってんだテメェ――！」

凶行を目にしたレセディとティムが血相を変えて走り出す。周囲の生徒会陣営の生徒たちもそれに続くが、そんな彼らにリヴァーモアはあっさりと背を向ける。

「こちらの用は済んだ。一抜けさせてもらうぞ」

そう告げると共に駆け出し、三層へ続く洞窟へと身を投じる。全ての動きには少しの躊躇《ためら》いもなかった。祭りに参加し続けるどんな理由も、もはや彼にはないのだから。

バネッサの登場時とは打って変わって騒然とする観客席。彼らの心情を代弁するように、実況のグレンダが声を震わせて叫ぶ。

「――Mr《ミスター》.リヴァーモアが統括の背中を刺して離脱！　これは明らかなルール違反です！一体どういうつもりなんだ屍肉漁り《スカベンジャー》！　つーかてめェ、ここで抜けるならなんで参加したァ！」

興奮の余り口調に地が出るが、誰もそれを責めはしない。隣のガーランドも厳しい面持ちで現場の生徒たちへと指示を飛ばしていた。一方、そんな光景を観客席から眺めつつ、どこか納得いったふうにユーリィがぽつりと呟《つぶや》く。

「――そっか。最初から決闘リーグはどうでも良かったんだね、あの人」

彼の言葉にオリバーがこぶしを握り締める。祭りに現れたあの魔人の意図、それは今や余りにも自明だ。

「……隙が生まれるのを待っていたのか。統括から骨を奪うための……！」

「――追うな、ティム！　コースを逸《そ》れればお前も失格だぞ！」

道程が三層の序盤に差し掛かる中、リヴァーモアを追って道を外れかける仲間にレセディが声を飛ばす。相手が早々にコースを外れたため、競技に参加しながらの追跡はもはや叶《かな》わない。だからこそこのタイミングが狙われたのだと悟って、こみ上げる悔しさにレセディが奥歯を噛《か》みしめる。

「……ッ……」

一方、そんな彼女の肩を借りながら、ゴッドフレイは辛《かろ》うじて前進を続けていた。呼吸も魔力循環も見る影もなく乱れきったその姿。苦痛に顔を歪《ゆが》める彼に、レセディが問いかける。

「ゴッドフレイ、奴《やつ》に何をされた！　ただ骨を抜かれただけじゃないな⁉」

「……やられた……霊体の一部ごと……」

絞り出すようにゴッドフレイが答える。肉体の基軸をなす骨は霊体と強く紐付《ひもづ》いているため、その分野の心得がある者ならば、一方を手掛かりにもう一方へと干渉することが可能だ。こうなると負傷の治癒は格段に厄介になる。抜かれた骨そのものは生やせば済むが、損なわれた霊体のほうはそう簡単にいかない。

「……リヴァーモアめ。つまらんことを」

そんな彼の様子を横目で窺《うかが》いつつ、コースの先を行くレオンシオが舌打ちする。それを諫《いさ》めるジーノの目配せを受けて、男は苛立《いらだ》ちを振り切るように足取りを速めた。

〈了〉

あとがき

こんにちは、宇野朴人《うのぼくと》です。賑々《にぎにぎ》しい祭りの喧騒《けんそう》を号砲に、三年目の開幕です。

魔境で過ごす二年を乗り越えて、見違えるほど力強く成長した少年少女たち。しかしながら、同じ月日の間に研鑽《けんさん》を積んできたのは彼ら六人ばかりではありません。下級生の最高学年である三年生という時期は、その成果を測る上でのひとつの節目。誰しも否応《いやおう》なく熱が入ろうというものです。

一方で、上級生たちはまた様子が違います。様々な都合から後輩たちほど祭りに没頭は出来ず、だからこそ忙《せわ》しない。生徒全体を取り仕切る立場ともなれば尚《なお》のことで、教師たちの思惑と懸命に渡り合ううちに、それと気付かぬまま背中への注意が疎《おろそ》かになることもあるでしょう。そうした隙を逃さず突くのもまた、当校の生徒の嗜《たしな》みと言えます。

目当てのものをまんまと手に入れて祭りから一抜けし、屍漁《しかばねあさ》りの魔人は何を目論《もくろ》むのか。探偵が欲《ほっ》して止《や》まないその答えは、今回もやはり迷宮の深みにあるようです。

屍《しかばね》とは即《すなわ》ち過去のかたまり。それと向き合う時、人はしばしば手を引かれるもの。うっかりそちらに引きずり込まれぬよう——皆様も、命を両腕にしっかりと抱えておかれますように。

巻末特別企画

七つの魔剣が支配する
キンバリー魔法学校
入学キャンペーン
採用キャラクター設定紹介!

2019年末〜2020年にかけて開催した、
読者が考えた登場人物設定の応募企画、
「キンバリー魔法学校入学キャンペーン」で入選し、
本巻で登場したキャラクターの
デザインと設定を紹介!

※応募時の設定から、作中では著者によって
内容に合わせた変更が加えられている部分があります。

Character Design

Seven Swords Dominate

「キリギリス」さんの
応募キャラクター！

ジャスミン＝エイムズ

Jasmine=Ames

【名前】	ジャスミン・エイムズ
【年齢】	15（オリバーたちと同級生）
【性別】	女性
【身長・体重】	155cm前後、45kgほど
【容姿】	髪は赤茶色、肩より少し長め。メカクレ属性。瞳は暗い赤色で少し垂れ目。
【服装】	キンバリー指定の制服、首に親から譲り受けたネックレス（お守り）を掛けている。
【性格】	自己評価の低さが災いしてオドオドとした性格。根は真面目。
【得意魔法】	どれも苦手ではないが凡庸の域を出ない。一族で秘奥としている魔剣モドキはそれなり。
【その他】	趣味は読書。好きなジャンルは偉人伝と少女漫画。シェラほどではないが長い歴史がある魔法の一族。名を上げるような者を輩出はできていないのが一族の悩み。数世代前に一つの魔法の開発に成功。

※応募内容は一部省略しております

宇野朴人
選考コメント！

「今まで弱いフリしてた強者」の枠にガチンと収まったメカクレ剣豪。応募設定から色々と調整したところ同学年屈指の強キャラになった。三年まで実力を隠し続けるのはかなり辛かったと思われる。

「ShiZu@yae」さんの応募キャラクター！

ロゼ＝ミストラル

Rose=Mistral

【名前】	ロゼ・ミストラル
【年齢】	キンバリー3年
【性別】	男性
【身長・体重】	170cm・62kg (だいぶ痩せ型)
【容姿】	鼻が高く(嘘つき)整っている。常にニヤついた笑みを浮かべており、髪は若干紫がかっている。
【服装】	基本的にはフードを被っている。それ以外は普通の制服姿。
【性格】	掴みどころのない人。変人。底は見せない。嘘つき。嘘つきであるがために相手の嘘を見破ることも容易。
【得意魔法】	〈爆ぜて欺け《フラルブル》〉2人ないし3人に分身してから1人ないし2人を残して派手に爆発する。 爆発は任意で爆発することもできるが、攻撃を受けた場合も爆発する。爆発と言ってもほとんど攻撃力は無く、派手なだけ。分身すると相手を攻撃する魔法は使えなくなるため、剣技または攻撃魔法以外で戦うしかなくなる。ミストラル家にのみ伝わる魔法。フラルゴとダブル(仏語で分身)での造語。
【その他】	マジックが得意。その他にも隠形が他者より得意。主に魔法で戦う。魔法剣はあまり得意でない。基本的には時間稼ぎをして出来れば撃破を目指す。

※応募内容は一部省略しております

宇野朴人 選考コメント！

「今回は乱戦だし曲者がひとり欲しいな」という需要とバッチリ一致したトリックスター。こいつが加わったことで試合が一気に複雑になり著者が血を吐いた。根はすごく真面目な子だと踏んでいる。

◉宇野朴人著作リスト

「神と奴隷の誕生構文《シンタックス》Ⅰ〜Ⅲ」（電撃文庫）
「ねじ巻き精霊戦記　天鏡のアルデラミンⅠ〜XIV」（同）
「七つの魔剣が支配するⅠ〜Ⅶ」（同）
「スメラギガタリ壱・弐」（メディアワークス文庫）

本書に対するご意見、ご感想をお寄せください。

ファンレターあて先
〒 102-8177　東京都千代田区富士見 2-13-3
電撃文庫編集部
「宇野朴人先生」係
「ミユキルリア先生」係

本書は書き下ろしです。

電撃文庫

七《なな》つの魔剣《まけん》が支配《しはい》するⅦ

宇野朴人《うのぼくと》

2021年６月10日　初版発行
2023年６月25日　３版発行

発行者　山下直久
発行　株式会社KADOKAWA
〒102-8177　東京都千代田区富士見2-13-3
0570-002-301（ナビダイヤル）
装丁者　荻窪裕司（META＋MANIERA）
印刷　株式会社KADOKAWA
製本　株式会社KADOKAWA

●お問い合わせ
https://www.kadokawa.co.jp/（「お問い合わせ」へお進みください）
※内容によっては、お答えできない場合があります。
※サポートは日本国内のみとさせていただきます。
※ Japanese text only
※定価はカバーに表示してあります。

ISBN978-4-04-913530-5　C0193　Printed in Japan

電撃文庫　https://dengekibunko.jp/

電撃文庫創刊に際して

文庫は、我が国にとどまらず、世界の書籍の流れのなかで〝小さな巨人〟としての地位を築いてきた。古今東西の名著を、廉価で手に入りやすい形で提供してきたからこそ、人は文庫を自分の師として、また青春の想い出として、語りついできたのである。

その源を、文化的にはドイツのレクラム文庫に求めるにせよ、規模の上でイギリスのペンギンブックスに求めるにせよ、いま文庫は知識人の層の多様化に従って、ますますその意義を大きくしていると言ってよい。

文庫出版の意味するものは、激動の現代のみならず将来にわたって、大きくなることはあっても、小さくなることはないだろう。

「電撃文庫」は、そのように多様化した対象に応え、歴史に耐えうる作品を収録するのはもちろん、新しい世紀を迎えるにあたって、既成の枠をこえる新鮮で強烈なアイ・オープナーたりたい。

その特異さ故に、この存在は、かつて文庫がはじめて出版世界に登場したときと、同じ戸惑いを読書人に与えるかもしれない。

しかし、〈Changing Times,Changing Publishing〉時代は変わって、出版も変わる。時を重ねるなかで、精神の糧として、心の一隅を占めるものとして、次なる文化の担い手の若者たちに確かな評価を得られると信じて、ここに「電撃文庫」を出版する。

1993年6月10日
角川歴彦

幼なじみが絶対に負けないラブコメ
OSANANAJIMI GA ZETTAI NI MAKENAI LOVE COMEDY
［著］二丸修一
SHUICHI NIMARU
［絵］しぐれうい
『幼なじみ』VS『初恋の少女』
先の読めない
最先端ラブコメ開幕!!
STORY
高校2年生の丸末晴は、幼なじみの少女・志田黒羽からの好意を知りながらも、初恋の相手である可知白草に一途な恋心を抱いていた。だがそんな矢先、白草に彼氏がいることが発覚！
末晴は深い絶望の末、黒羽と手を組んで、男の純情を踏みにじった白草に“最高の復讐”をすることを決意する!!
電撃文庫

第27回電撃小説大賞
大賞
受賞作
孤独な天才捜査官。
初めての「壊れない」相棒は
ロボットだった——。
菊石まれほ
［イラスト］野崎つばた
ユア・フォルマ
紳士系機械 × 機械系少女が贈る、
ＳＦクライムドラマが開幕！
相性最凶で最強の凸凹バディが挑むのは、
世界を襲う、謎の電子犯罪事件！！
最新情報は作品特設サイトをCHECK!!
https://dengekibunko.jp/special/yourforma/
電撃文庫

インフルエンス・インシデント
Influence Incident
SNSの事件、山吹大学社会学部『白鷺ゼミ』が解決します！（多分）
駿馬京
illustration◊竹花ノート
女教授と女子大生と女装男子《インフルエンサー》が
インターネットで巻き起こる
事件《インシデント》に立ち向かう!
第27回
電撃小説大賞
銀賞
受賞
電撃文庫

浮遊世界のエアロノーツ
fuyu sekai no
hikuusennori to kazetsukai no shojo
無数の島々が浮かぶ世界で
森日向
〈イラスト〉――にもし
自分探しの旅がはじまる。
心躍るロードノベル開幕！
世界を変える《干渉力》の
才能を持つが故に人々から疎まれ、
心を閉ざしていた少女・アリア。
自由気ままな飛空船乗りの泊人や、
文化や価値観の異なる
島の住人たちとの交流のなかで、
少女は《風使い》としての力を
開花させていく――。
電撃文庫